시골뜨기 도시생각

시골뜨기
도시생각

유병권

도서출판 윤진

차례

제2부 | 꿈을 담은 도시 이야기

작
가
의
말

오랜 도시생활에도 불구하고 아직도 내게는 농촌의 정서가 그대로
남아 있다. 농촌에서 태어나 자랐지만 고등학교 때 이미 중소도시로 나
왔고 이어 지금까지 대도시에서 살면서 짧게는 외국생활을 한 적도 있으
나 공동체 의식이 강했던 농촌의 정서와 사고는 유지되었고, 그것이 따
뜻하게 세상을 보며 살 수 있게 해주었다. 이제 환갑이 되어 되돌아보니
어릴 적 기억이 발효되기도 하고 응고되거나 소멸되기도 해서 원형을 찾
아내기가 힘들었다. 그래도 글을 써보기로 했다. 글을 쓰기 위해 다이버
처럼 수몰된 댐 밑바닥을 탐색하는 방식으로 살아온 날들을 더듬어보
았다. 내 삶의 일부였던 그 기억들을 찾아내 글로 옮긴다는 것이 행복했
다. 그런 마음으로 몇 가지 생각을 정리해보려고 했다.

우선, 고향마을과 도시를 아우른 삶에서 경험한 것들을 사실 그대
로 써보았다. 도시개발로 사라지긴 했지만 옛 지명을 그대로 썼고, 돌아
가신 분들의 이야기도 살아계신 것처럼 썼다. 지금은 사라져버린 전통마
을이지만 내게는 많은 것이 추억으로 남아 있다. 가난했고 모든 것이 부

족해서 아쉬운 시절이긴 했다. 그러나 지금 풍요로운 세상을 살면서 물질이 행복의 잣대가 아니라는 것을 잘 알고 있다. 나로서는 그 시절이 항상 내재되어 있었기에 도시에서 잘 버티고 살아갈 수 있었다는 생각이 든다. 농촌과 도시생활을 동시에 체험했으므로 감정의 켜도 깊고 넓어졌다. 마치 농촌과 도시를 두루 쳐다볼 수 있는 산 위에 서 있는 것 같았다.

두 번째, 시공간이 다른 과거, 현재 그리고 미래를 감성적으로 그려보려고 했다. 내가 보는 도시의 현실과 희망적인 대안을 나의 과거에서 기인하는 프레임으로 보는 것은 보편적이지 않을 수 있다. 수십 년을 강단에서 강의를 한 사람도 아니고 작가도 아니다. 그래서 농촌과 도시에서 살아오면서 형성된 가치와 직장생활을 하면서 겪었던 경험에 비추어 가볍게 적어 보았다.

셋째, 자녀들이 자라면서 그린 그림들을 곁들였다. 어린 자녀들이 벽에 그린 낙서 혹은 생일 선물 속에 넣은 그림편지도 내겐 버릴 수 없는 소중한 것들이었다. 또한 취미삼아 찍어두었던 사진들 중에서 글과 어울릴 수 있는 것들도 지면에 담아 보았다.

넷째, 어머니가 떠난 지 14년째 되었고, 아버지가 어머니 곁으로 가신 지 13년째 되었다. 세상에는 없어도 나는 아직도 부모님이 그립고, 어린 시절 부모님과 함께 보냈던 고향집이 그립다. 꿈에서라도 그 집에 다시 돌아가 부모님을 만나 그간 세상에서 있었던 일들을 조잘대고 싶다. 그런 마음을 담아 부모님을 추억하려고 했다. 여기에 모인 글들의 행간에 부모님의 삶의 궤적을 담았으며 그분들이 남기지 못한 생활일기를 나의 유년과 함께 엮어보려고 했다. 언젠가 다시 만나면 전해드리고 싶은, 그러니까 당신들이 특별히 귀하게 여겼던 아내와 아이들과 함께 살아낸 이야기들도 적어 보았다.

이 글을 통해 나의 속살을 보여주는 것 같아 한편 부끄럽기도 하다. 그러나 글을 남기는 것은 내 스스로 기억을 정리하고자 함이고, 자녀들과 후배들에게 좋은 본보기가 되었으면 하는 바람이기도 하다. 읽는 사람들도 마음이 선선해지고, 따뜻해진다면 더욱 좋겠다. 글을 모으는 데

몇 년이 걸렸다. 블로그 형태로 순간순간 생각들을 모아 두었다가 어느 정도 분량이 되고 보니 출판했으면 좋겠다고 생각했다. 해외출장 중에도 시차가 맞지 않아 잠 못 이룰 때는 블로그를 열어서 글을 썼다. 일부는 직장생활을 하면서 신문이나 출판물에 기고했던 글들을 다듬어서 넣었다.

무슨 일이든 시작이 있으면 반드시 끝이 있는 것이므로 떠날 준비는 잘 하고 살아야겠다는 나 나름의 다짐의 방식이 이 책이다. 부푼 꿈을 가지고 시작하여 30여 년 동안 내 삶의 중심이었던 공직생활을 2018년 여름에 잘 마쳤다. 공직이라는 것이 늘 바쁘고 업무가 중심이 되기 때문에 모아놓은 글들을 정리할 틈이 없었다. 이제 무언가를 남기고 세월의 문턱을 넘어야겠다는 심정으로 쓰던 글들을 갈무리한다.

2021년 정월

제1부

내 삶의
소중한
기억

고향마을, 절골

내가 태어나서 자란 고향마을은 절골(寺洞)이라 불렸다. 이름처럼 전통적 마을특성을 담은 자연부락이자 산골마을이었다. 그 마을은 바다가 있는 남쪽으로 향하는 길을 제외하고는 산으로 둘러싸인 요새 같았다. 마을 뒤로는 '가야산'이 북풍을 막았고, 남쪽 광양만까지 그 산자락을 이었다. 가야산의 새끼 산으로는 동쪽으로 큰 진등(긴등)과 작은 진등이 두 겹을 이루고 있었고, 해는 큰 진등 너머로 올라와 작은 진등을 지나 마을 구석구석을 비추고, 곡식을 돌본 다음, 서쪽 산인 느지매기로 넘어갔다.

마을에 가까운 작은 진등의 안쪽과 바깥쪽으로 두 줄기의 시내가 흘렀는데 작은 진등이 끝나는 지점에서 합류했다. 또한 뒷산에서 시작한

마을 뒷산에서 내려다 본 절골. 왼편 산줄기 끝이 광양만이다. 1978년 8월. 광양.

물줄기는 해가 지는 서쪽으로 안산자락을 따라 흐르다가 작은 진등이 끝나는 지점에서 만났다. 그러니까 그 지점에서는 세 개의 물줄기가 모였다. 거기서부터 4미터 가량의 폭으로 넓어져서 십 리를 흐르다가 홍선출해(弘船出海) 형상의 광양만 바다로 흘러들었다. 마을을 관통하는 실개천은 마을 입구의 당산나무를 휘돌아 신작로를 끼고 가다가 안산 쪽에서 내려오는 물을 만나 힘을 더했다.

우리 마을 25가구 중에는 유씨 성과 이씨 성을 가진 가구가 대부분이었고, 김씨 성을 가진 사람도 서너 가구 살았다. 혼례와 상례는 마을이 하나가 되어 기쁨과 슬픔을 함께했다.

제례는 가족과 친족단위로 행해졌다. 돌아가신 지 얼마 되지 않은 가까운 조상들은 가족단위로 그리고 제법 오래된 조상들은 종중(宗中)이 제례를 지냈으며, 씨족 공동체의 결속력도 다졌다. 친인척 공동체는 마을을 벗어나서도 중요하게 작용했는데, 친족 구성원에게 경사스럽거나 궂은 일이 있으면 친척끼리 모였다. 부산에 살았던 작은 아버지는 할아버지 혹은 할머니 제사가 있는 때에는 새벽에 출발하여 완행열차를 타고 오후 늦은 시각에 도착하곤 했다. 부모님은 행사 때에 찾아온 친척들의 촌수와 호칭을 아이들에게 일러 주었고, 예를 갖춰 인사하도록 했다. 친척 어른들은 아이들의 나이와 학년을 물었고, '열심히 공부하라'는 덕담을 남겼다.

절골에는 내 어렸을 때는 미처 몰랐던 귀한 것들이 많았다. 지금도 당산나무와 마을회관, 초가집과 담장, 산과 들을 잇는 길, 논과 밭, 저수지, 묘지 등이 선명하게 떠오른다. 집과 집, 그리고 마을과 자연은 긴장하면서도 조화를 이루었다. 이것들은 긴 세월을 두고 어루만져진 소박하고 아름다우면서 값으로 헤아리기 어려운 공유자원이었다. 그리고 눈에 보였던 것은 아니지만 사람들의 행동을 규율했던 풍습과 인심은 마을 공동체가 수백 년을 두고 이어올 수 있도록 지탱해 준 중요한 정신적·사회적 자원이었다.

마을경관을 이뤘던 기초적인 요소는 집이었다. 개별 건축물은 경사도 15도 정도의 완만한 구릉지에 앞산을 바라보고 건축되어 있어 앞집이 뒷집의 시야를 가리지 않았고, 해가 가장 낮은 각도로 비추는 동짓날이 되어도 앞집으로 인해 햇빛을 방해받지 않았다. 건축물의 층고(層高)를 그다지 높게 하지 않았던 것도 한몫 했다. 게다가 앞과 뒤 건축물 간의 거리가 꽤 떨어져 있어서 바람길을 막지도 않았다. 특징적인 것은 마을의 끝자락에 위치한 집들이 대나무 숲과 탱자나무 울타리를 둘러치고 있었다는 것이었다. 지금에 와서 생각해 보니 산짐승으로부터 스스로 그리고 마을 전체를 보호하기 위한 방어벽으로도 작용했던 것 같다. 마을경관은 전체적으로 앞산에서 내려다보면, 한 집 한 집이 다 들여다보였으나, 뒷산에서 내려다보면 대나무 숲과 지붕의 뒷모습만 보였다. 남풍과 햇빛을 가장 잘 받아들일 수 있는 구조였던 셈이다. 개별 건축물뿐만 아니라 마을 전체가 자연에 순응하고 적응하는 지혜가 담겨있었던 것 같았다.

마을 입구에 위치한 조그만 광장에 당산나무(느티나무)와 동청(마을회관)이 있었고, 그 광장은 어른들의 쉼터이자 어린이들의 놀이터였다. 당산나무는 100여 년 전쯤 마을에 자리 잡은 어른이 마을과 후손의 번영을 기원하면서 남겨 준 유산이었다. 당산나무 그늘에 세워진 동청은 군청의 지원을 받아 마을사람들의 노동력으로 만들었는데, 큰방과 작은방 그리고 창고가 있는 시멘트 블록 건축물이었다. 건물이 비집고 들어설 땅 모양이 마땅치 않아서였는지 서쪽을 바라보고 있어 오후에야 햇빛이 들었다. 어른들은 봄부터 가을까지는 당산나무 아래에서, 겨울에는 동청의 큰방에서 마을 일을 의논했다. 어른들이 동청을 사용하지 않는 때에는 아이들이 숨바꼭질을 하고 놀았다.

동청의 창고는 마을사람들이 고락을 함께 나누는데 필요했던 꽹과리, 징, 가마, 상여와 같은 도구를 보관했다. 궁금증이 많아 창고 문틈으로 안을 들여다보곤 했는데, 평소에는 먼지가 수북이 쌓여 있었다. 마을 어른이 돌아가셨을 때에는 동청에서 마을 공용의 상여틀을 꺼내 썼는데, 발인이 있는 날에 맞춰 읍내 상여집에 미리 주문한 꽃상여를 가져다 얹혔고, 마을 청년들이 운구를 도왔다. 만장은 마을 어른들이 힘을 합해 썼고, 대나무에 매달아 아이들에게 들도록 했는데 용돈을 후하게 줬기 때문에 은근히 자원하기도 했다. 또한 마을에 결혼식이 있을 때에도 동청에 보관해두었던 가마를 꺼내어 썼다. 가을걷이가 끝날 때 그리고 정월대보름이면 어김없이 동청에서 어른들과 청년들이 꽹과리를 꺼내 동청 주위를 돌아 논두렁을 따라 걸으면서 별달거리 장단으로 마을사람들의 흥을 돋우곤 했다.

길은 저마다 용도가 달랐다. 우리 마을에서 제일 넓은 길은 농로였는데 십 리 밖에 있는 신작로와 연결되어 있어 바깥세상으로 드나드는 문명의 길이었다. 농로는 처음에는 사람과 소가 겨우 다닐 정도의 조붓한 길이었으나 새마을운동의 일환으로 길에 접한 농지소유자들이 농지의 일부를 기부하고 마을사람들이 부역(賦役)해서 차 한 대가 다닐 수 있을 정도로 넓어졌다. 산길은 땔감을 줍거나 소에게 풀을 먹이러 가는 길이었다. 또한 대부분의 묘지가 산에 있었기 때문에 산 자와 죽은 자를 연결하는 길이기도 했다. 마을 입구에서 시작하는 골목길은 부분적으로는 집과 집을 연결했고, 농로와 산길로 통했다. 골목길에 접해서 집으로 바로 들어설 수 있는 집도 있었지만 대개는 골목길에서 10미터 가까이 들어가야 사립문을 만나는 경우도 있었다. 마을에서 논밭으로 향하는 논둑길과 밭둑길은 폭이 좁아 두 사람이 교행하기가 쉽지 않았다. 그래서 멀리 사람이 오면 미리 짐작하여 기다리거나 먼저 다가섰다. 지게를 지고 오는 어른을 만나면 오던 길을 한참 되돌아가 어른이 지나갈 때까지 기다렸다.

우리 마을사람들이 경작하는 논은 대략 200마지기 정도였다. 한 마지기가 200평이었으므로 약 40,000평 정도 되는 셈이었다. 마을에서 내려다보이는 가까운 거리에 약 60마지기 정도가 있었으며, 산 쪽으로 설치되어 있던 두 개의 작은 저수지가 50마지기 정도의 몽리면적(蒙利面積)을 가졌다. 10마지기 정도는 흐르는 시냇물을 이용해서 마른 논을 축였다.

우리 마을사람들은 늘 논밭에 붙어 살았다. 마을이 곧 생활무대여서 공동체의 경계는 마을에 머물러 있었다. 마을이 곧 공동사회였던 셈이다. 농사일이나 옷감을 짓는 일에는 품앗이가 뒤따랐다. 함께 일했고, 음식을 나누어 먹었으며, 출산을 도왔고, 적은 액수의 돈은 빌려주고 빌려오는 소규모 경제공동체였다. 편지를 부치거나 오일장에 가거나 객지에 있는 친척집에 가는 일 외에는 마을을 벗어날 특별한 유인은 없었다. 마을사람들은 원시사회의 전통인 공동생산의 흔적을 가지고 덕업상권의 선한 삶을 살았던 곳이었다.

어린이들은 이런 저런 허드렛일에 동원되는 시간을 제외하고는 함께 모여 이곳저곳에서 놀기에 바빴다. 대부분의 놀이는 주로 동청 주위에서 이루어졌는데 팽이치기, 못 치기, 동전치기, 딱지치기, 구슬치기, 잣치기 등이 유행했다. 겨울에는 논이나 논둑길에서 스케이트타기와 굴렁쇠놀이가 행해지기도 했다. 아이들은 또래 친구들이 대문 앞에서 '놀자'고 소리치면 뛰어나갔고, 어머니들이 저녁밥을 먹으라고 소리칠 때까지 노는데 집중했다.

정월대보름에는 쥐불놀이를 했고, 달집태우기에 참여했다. 쥐불놀이는 깡통에 구멍을 내고 숯불을 담아 휘돌리면서 논둑길을 뛰어다녔으므로 어린이들이 불과 함께 집단적으로 리본 춤을 추는 것과 같았다. 달집태우기는 마을청년들이 준비하는 초대형 행사였는데 마을사람들이 다 쳐다볼 수 있는 넓은 농지를 섭외해서 자리를 잡았고, 대나무를 가운데 높이 세우고 피라미드식으로 짚단을 쌓아올렸다. 아이들 키의 몇 배나 되는 짚단의 위용이 대단했다. 달이 뜨는 시간에 불이 붙여졌으므로 달도 밝고, 달집도 밝았다. 뜨겁고 크고 환하게 타오르는 불은 벅찬 감동을 주었다.

지금 고향마을 절골은 개발로 인해 삶의 흔적들이 지워졌고, 그러한 삶을 살았던 사람들은 세상을 뜨거나 뿔뿔이 흩어졌다. 동청 앞에서 뛰놀던 아이들은 도시로 이주했고 각기 다른 지역에서 살아가고 있다.

고향마을 절골의 이야기는 책 「오래된 미래(Ancient Futures)」에서 전해 주는 인도 라다크 마을의 공동체 생활 및 전통과 닮은 점이 많았다. 그 책의 저자는 '도시와 지방, 남성과 여성 그리고 문화와 자연 사이의 균형을 복원해야 한다'고 말한다. 나 역시 고등학교 이후 크고 작은 도시 생활을 했어도 절골에서 느끼고 배웠던 소중한 것들로부터 벗어난 적이 없다. 작은 마을에서 태어나 자랐다는 것, 시골뜨기였다는 것이 도시생활을 했던 젊은 날에는 부끄럽기도 했고, 걸림돌처럼 여겨질 때도 있었다. 그러나 도시생활에서는 얻을 수 없는 값진 유년이었음을 나이가 들어갈수록 나는 더욱 깨닫는다.

집에 대한 생각

내가 태어나서 자란 고향집, 지금은 개발로 인해 흔적조차 사라져 버린 그 시골집의 모습은 아직도 내 기억 속에 또렷하다. 당시에는 태엽을 감아서 시간을 알려주는 벽시계가 집안의 포인트였다. 가난한 농촌사람들의 지불능력에 맞게 대량으로 공급된 괘종시계였다. 기본 틀은 플라스틱이었고 그 위에 에나멜을 칠해서 고급스럽게 위장했는데, 낡은 한옥인데다 공산품이 많지 않던 시절이어서 집안의 품격을 더해 주기에 충분했다. 황동 시계추가 좌우로 움직이는 것을 골똘히 보고 있으면 집 전체가 움직이는 것 같았고 햇빛에 반사되어 온 집안이 빛났다. 벽시계가 없는 집도 제법 있었던 때라 자기 집에 벽시계가 있다는 것이 아이들에게는 자랑거리였다.

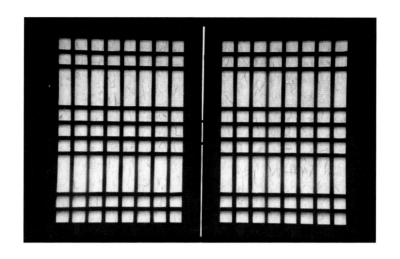

　그런데 시계는, 막 구입했을 때는 라디오에서 알려주는 시간과 얼추 맞았는데 점차 느려졌으므로 매일 문을 열어 시침과 분침을 고쳐줘야 했다. 또 매시 정각마다 시간의 숫자에 맞게 소리를 내던 것이 몇 년 쓰다 보니 매 시간마다 열두 번씩 울려대 식구들의 잠을 깨우곤 했다. 시계소리에 잠이 깬 어머니는 어쩌다 밤 늦게까지 책상 앞에 앉아 있던 중학생 아들인 나의 방 앞으로 와서 "아직 안자냐, 잠이 부족할라!"라고 걱정하면서도 내심 대견해했다.

　바람이 차가워지기 시작하면, 어머니의 주도 하에 창호지를 바꿔 붙였다. 우선 밀가루로 풀을 쑤고 거의 손잡이만 남아있는 낡은 몽당빗자루를 준비했다. 아이들은 듬성듬성 구멍이 난 낡은 창호지를 떼어내는 일을 도왔다. 상태가 양호한 부분은 남겨두고 많이 해진 부분만 칼로 도려내어 부분적으로 창호지를 붙이기도 했다. 처음 풀을 붙였을 때는 창호지가 축 늘어졌으나 마르면서 점차 빳빳하게 문틀에 달라붙었고, 하얀색이 드러나면서 집 전체가 새 단장을 한 것 같았다. 바람을 최대한 막아야 했으므로 문을 여닫는데 그다지 방해가 되지 않는 윗부분에 창호지를 약간 남겨 문풍지를 만들었다. 바람이 들고 나도록 제일 윗부분 두 개에 구멍을 냈는데, 격자 구간의 윗부분은 남겨놓고 좌 우 그리고 아래 3면을 칼로 디근자로 잘라내어 바람이 불면 팔랑개비처럼 나풀거렸다. 창호지를 새로 붙인 방안은 특히 온화했다.

어머니와 아이들이 거처했던 큰방에는 수십 년은 되었을 법한 오래된 대나무 반짇고리가 있었다. 그 안에는 하얀 명주실이 감긴 실패와 크고 작은 바늘, 여러 가지 모양의 단추들과 헝겊조각 그리고 골무가 담겨 있었다. 어머니의 눈이 어두워가면서 나는 어머니를 위해 바늘 귀에 실을 꿰어주기도 했다. 어머니는 실을 꿴 바늘을 머리카락에 몇 번 문질러 끝을 뾰족하게 하곤 했다. 단추도 귀했던 시절이라 오래된 옷을 버릴 때는 단추를 떼어내 반짇고리에 넣어 두곤 했다. 아이들이 단추를 잃어버리는 경우가 다반사였고 맞는 단추를 찾기도 어려워서 아이들 상의에는 이런 저런 스타일의 단추가 불규칙적으로 꿰어져 있곤 했다. 내가 간혹 체하기라도 하면 어머니는 반짇고리에서 바늘을 꺼내 엄지손가락 마디에서 피를 뽑아냈는데, 이내 낫곤 했다.

큰방 한갓진 벽의 아이들의 손이 닿지 않는 곳에 먼지가 쌓인 작은 선반이 하나 있었다. 그 선반에 아버지가 아이들의 생년월일과 생시를 적은 조그만 수첩과 어머니가 아이들의 마른 탯줄을 작은 삼베주머니에 싸서 올려 둔 것을 내가 선반에 닿을 만큼 자라고 나서야 발견했다. 그리고 선반 아래에는 못이 하나 박혀 있었는데 중요하다고 생각되는 간이영수증들이 십수 년 이상 꽂혀 있었고, 개발로 인해 집이 헐릴 때까지 두고두고 버리지 못했다.

　　큰방 입구 문 위에는 한때 할아버지 사진이 있었으나 돌아가시고 난 후로는 아버지와 어머니 사진이 걸렸다. 그 옆에는 작은 사진들을 종합적으로 전시할 수 있는 제법 큰 액자가 못에 걸려있었다. 아버지와 작은아버지의 젊은 시절 사진, 자녀들의 결혼식 사진, 형들이 군에서 보내온 사진들이 들어 있었다. 액자를 재편성할 정도로 사진이 자주 생기는 것도 아니었고, 액자 자체가 이미 사진으로 가득 찼으므로 새로이 생긴 사진은 유리 바깥의 왼쪽과 오른쪽 귀퉁이 틈에 끼워졌다.

　　고향집 부엌의 바깥쪽 벽의 아래쪽은 흙으로, 위쪽은 판자를 세로로 잇대어 막았고 부엌 안쪽의 연기는 판자와 판자 사이의 틈으로 빠져나갔다. 그 판자는 부엌 안쪽의 따뜻한 기운과 햇살이 비치는 바깥쪽의 양광(陽光)에 힘입어 늘 온기가 있어 손이 시린 겨울에는 판자 위에 손을 대어 녹이곤 했다. 어른들은 낙서를 하는 것을 금기시했지만, 형들 중의 누군가는 학교에서 색깔 있는 분필을 주워 와 흙벽에 이런 저런 낙서를

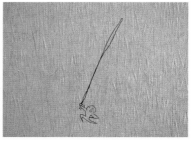

토끼를 해학적으로 오려놓은 모습(왼쪽).
제 키보다 일곱 배나 긴 칼(막대기)을 든 용맹한 모습의 어린이(오른쪽).

해 놓기도 했고, 짓궂게 '장닭알'이라고 써 놓기도 했다. 도시개발이 되면
서 벽시계, 문, 반짇고리, 액자 그리고 흙벽과 낙서는 오간데 없고 부모님
은 돌아가셔서 오래된 사진만이 옛 기억을 더듬게 한다.

　서울생활을 하면서 나도 아버지가 되었고, 이곳저곳으로 이사를 하
다 보니 가는 집마다 아이들과 함께 살았던 흔적이 남았다. 벽에 낙서도
그 중 하나이다. 우리 집도 여느 집처럼 가장 대표적인 낙서가 아이들의
키를 벽에 표시해 두는 것이었다. 아이들은 한 달에 1센티미터씩 자라기
도 했는데, 140센티미터를 겨우 넘긴 아이가 자신의 키가 이렇게 컸다는
데 대해 스스로 놀라 표정이 상기되던 생각이 난다. 서울 아이들에게는
한 번쯤 가서 타보고 싶은 서울대공원의 놀이기구 입장기준이 신장 140
센티미터 이상인 것을 알고 있었기 때문이다. 초등학교 아이들에게는 자
신의 키가 그 기준선을 넘었느냐가 자존심의 척도였고, 끼니를 거르지

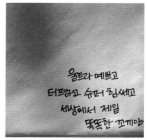

생일선물을 많이 못 줘서 미안해하면서 그린 그림.

말아야 하는 이유가 되기도 했다.

어떤 집에 살 때에는 벽면에 온통 공룡을 그려 놓기도 했다. 세상에서 가장 큰 공룡, 초식공룡과 육식공룡, 날아다니는 공룡과 걸어 다니는 공룡, 바다에 사는 공룡 등이 아이들이 알아야 했던 귀중한 지식이었다.

이렇게 남긴 아이들의 흔적은 이사를 한 후에는 이사 온 사람들이 벽지를 새로 바르거나 페인트를 칠해 사라졌을 것이다. 이사를 할 때마다 느끼는 아쉬움은 집안 구석구석에 남은 삶의 흔적을 버리고 떠난다는 것이다. 아버지로서 아쉽고 아깝고 안타깝다.

어느 해는 서울의 아파트 가격이 많이 올랐고, 전세값도 따라 오르는 바람에 아파트에 살기가 어려워졌다. 그래서 우리는 온 가족이 살기에 크게 불편하지 않을 정도의 저렴한 다가구주택에 세 들어 살기로 했다. 좁고 긴 통로를 통과한 다음 건물 뒷면에 설치한 조립식 철제계단을 통해 2층으로 올라가 어두컴컴한 북쪽 현관을 지나 남쪽을 내다볼 수 있는 거실로 들어가는 약간 열악한 구조의 집이었다. 겨울에는 햇빛이 들지 않는 철제계단에 눈이 수북이 쌓여서 미끄러지지 않기 위해 차가운 난간을 잡고 오르내려야 했다.

좁은 현관입구에는 다시 이사 갈 때 쓰기 위한 상자들을 쌓아 두었는데 그 안에 들고양이가 들어와 새끼를 낳은 적이 있었다. 어미가 드나드는 시간을 대충 알았기 때문에 시간에 맞춰 어미가 새끼들에게 젖을 먹일 수 있도록 출입문을 열어주기도 했다. 그 마을에는 동네를 통틀어 가게가 하나 있었는데 아이들이 사먹던 과자이름을 따서 우리는 그곳을 '왕꿈틀이 가게'라고 불렀다. 우리 집은 구석진 곳에 있었던 탓에 방문객이 찾기가 어려웠으므로 그 가게는 우리 집에 오는 손님을 마중하고 배웅하는 우리 가족의 소박한 영송(迎送) 랜드마크였다.

이사를 자주 해서인지 초등학교 다니던 아들이 어느 날 손바닥만한 종이에 온 가족이 살고 싶은 집의 모습을 그린 적이 있었다. 나는 그 그림을 보면서 집이라는 것이 재산증식보다 더 중요한, 가족을 담고 생활의 기억을 담는 그릇으로서의 역할을 할 수 있겠다는 생각을 했다.

그 마음을 담아 두었다가 여러 해가 지나 전세금을 빼고 은행 빚을 더해서 구 시가지에 오래된 주택을 산 다음 고쳐서 살기로 했다. 영화 '건축학개론'이 내 생각을 바꾸는데 영향을 주었다. 우선 외부계단을 내부화해서 온 가족이 소통하도록 했다. 2층으로 올라가는 계단 벽에는 내가 찍은 아이들 사진을 전시했다. 마당에는 꽃밭을 만들기 위해

초등학교 다니던 아들이 자기가 살고 싶은 집을 그려서 친구에게 보낸 생일 초대장 엽서.

콘크리트를 걷어 내고 흙을 새로 부었다. 진돗개도 샀다. 마당에는 고향 광양에서 가져온 청매화를 심었고, 큰딸이 태어난 것을 기념하여 고향 집에서 셋째형이 씨로 번식한 주목을 심었다. 사철 꽃이 피도록 다양한 종류의 꽃을 공간별로 배열했다. 해외출장에서 돌아오면서 사 온 야생 화도 심었다. 봄에는 수선화가 피었고, 여름에는 봉숭아가 피었으며, 가을에는 형형색색의 국화가 피었다. 겨울로 접어들면서 잎을 떨군 산수 유 빨간 열매가 파란 하늘을 배경으로 예뻤다. 모든 푸르른 것들이 지고 난 겨울 뜰에서 우리는 다시 돌아올 봄을 기다렸다.

　다시 봄이 되어 마당에 꽃씨를 심고 있을 때, 아내가 신문지에 포장해 둔 것을 꺼내면서 내게 '무엇인지 아느냐'고 물었다. '모른다'고 했더니, '알면 울 것'이라고 했다. '울어도 좋으니 보여 달라'고 했다. 그것은 6년 전 아버지가 돌아가시기 직전까지 소중하게 챙기시던 고추씨였다. 새 집을 구하면 마당에 뿌리려고 고향집에서 가져와 6년이나 보관해 두었다는 것이다. 나는 아내의 예측대로 눈시울이 붉어졌다. 그 해에 아버지의 그 고추씨는 우리 집 마당에서 싹이 트고 열매를 맺어 우리 식구의 반찬이 되었다.

우리가 살던 도시마을에는 내가 자라면서 보았던 많은 것들이 있었다. 규모는 크지 않았지만 우리나라 근대건축사에 나올 법한 건축물들이 다 모인 것 같았다. 대형 유통상가가 들어오면서 기능이 쇠퇴해 버린 전통시장도 남아 있었다. 공장도 있었고 도예공방도 있었다. 빈티지 앰프와 스피커를 취급하는 곳도 있었다. 어떤 집에는 베어서 가구나 가야금을 만들기에 충분할 만큼 커다랗게 자란 오동나무가 눈에 띄었다. 어떤 가게에는 제사를 지내기 위해 지방을 대신 써준다는 쪽지가 유리창 안쪽에 붙어 있었다. 교통도 불편하고 정비가 안 된 구 시가지라 근처 술집에서 밤 늦게까지 질러대는 소리가 거슬렸지만 그 경계선 안쪽에서 가족을 이루며 살았던 우리는 그 마을에서 행복했다.

초가지붕 단장

새마을운동 전에는 몇몇 전통 기와집을 빼고는 대부분 초가여서 가을걷이를 끝낸 후 새 짚으로 단장하는 것이 농촌마을의 연례행사였다. 마을사람들이 함께 했는데 가을걷이에 비해서는 상대적으로 힘들지 않은 일인데다 추수를 끝낸 안도감과 행복감 때문인지 모두 편안한 표정이었다. 지붕 위에 올라 푸른 하늘과 선선한 바람을 맞으며 곡식을 다 거둔 넓은 들판을 바라본다는 것 자체가 농부들을 행복하게 했을 것이다. 그리고 곡식을 곳간에 채우고 겨울을 준비한다는 포근함도 있었을 것 같다. 어른들의 대화와 노래는 노동요라기보다 흥겨운 뮤지컬 같았다. 나는 관객이자 등장인물이었다. 그 행사는 가을마다 마을마다 초가집의 숫자만큼 열렸고 아이들도 덩달아 흥겨웠다. 남자가 병을 얻어 가세가 기운 집의 지붕까지 새 옷으로 갈아입혀 주었으니 지붕에 새 이엉을 입히는 일은 마을의 축제였고 집단 창작예술 활동이자 공동체 생활이 주는 은총이었다.

이엉은 1년이 지나면 썩어서 짙은 갈색으로 변해 여름비를 막기 어렵게 되곤 했다. 지붕을 이기 전에 어른들은 밤새 새끼를 꼬았고, 이엉을 엮어 둥글게 말아 쟁여 놓았다. 지붕 맨 위에 두르는 용마루는 마지막에 얹었는데 마을에서 제일 손재주가 좋은 어른이 품을 받으며 만들었다. 그 용마루는 좌우 균형이 맞았고, 이음새는 고르고 빈틈이 없었다. 기와를 소재로 하지는 않았지만 기와집의 권위를 흉내 냈고 기와집보다 더 야무지고 뜻이 있어 보였다. 초가살이 중에서도 중산층은 되어야 용마루를 얹었으니 그 용마루는 아이들에게는 기와집의 부와 귀를 꿈꾸게 하는 상징이자 표상이었다.

오래된 지붕은 흙이 내려앉아 새는 곳도 생겼다. 이엉을 걷어내면, 그 아래 갈대나 대나무가 있고, 바로 그 아래 황토가 있었는데 그것을 고쳐야 비를 막을 수 있었다. 어른들은 지붕 아래에서 황토와 짚을 섞어서 반죽을 한 다음 주먹밥처럼 둥글게 만들어 지붕 위로 던졌다. 지붕 위에서는 또 다른 기술자가 흙더미를 받은 다음 해진 곳을 내리쳐 그 공간을 빈틈없이 메웠다. 바람이 제법 부는 남부지방에서는 이엉이 바람에 날아가지 않도록 새끼로 동여매거나 대나무를 가로질러 고정시키기도 했다. 해가 짧은 입동(立冬) 즈음에 행사가 치러졌으므로 아침에 시작한 작업은 어둑어둑할 때에 끝났다. 새 옷을 갈아입은 지붕은 황금빛이었다. 가을밤의 달은 황금이불 같은 초가집 지붕 위를 이리저리 들추며 새벽에 서산으로 졌다.

쌀 부족문제를 해소하기 위해 보급된 통일벼는 소출은 많았으나 지푸라기가 흐물거리고 키도 작아서 새끼를 꼬기도 어려웠고, 이엉이 쉽게 썩고 튼튼하지 않았다. 그런 이유에서인지 어느 날 도단(함석 또는 양철)이 등장했다. 옥곡에 살던 외삼촌은 도단기술을 배워와 부모님을 설득하여 초가지붕을 도단지붕으로 바꿔주었다. 외삼촌은 각기목과 가위로 도단을 자유자재로 각을 세우고, 자르고, 납으로 때우고, 못으로 박아서 도단지붕을 완성했다. 치미가 있을 법한 자리에 공작 모양의 장식도 해 주었으므로 짚으로 표현할 수 없는 정교한 멋도 내주었다. 초가집과는 달리 처마에 잇대어 홈통을 만들고 지붕의 귀퉁이마다 둥그런 배수통을 수직으로 세워 빗물이 홈통을 따라 흘러 와 배수통을 지나 하수관으로 흘러나가도록 했다. 그래서 초가지붕의 처마 끝으로부터 낙숫물이 떨어지는 소리는 들리지 않게 되었고, 대신 빗방울이 지붕에 떨어질 때는 따발총 소리가 났다. 초가지붕이 도단지붕으로 바뀐 사실에 대해 학교친구들에게 자랑도 했고 우쭐해했다. 도단은 내구성이 강했고 처음에는 햇빛을 받으면 특히 빛났으나 해가 지날수록 색이 바랬다. 마을전체가 도단지붕을 한 것이 아니어서 지붕경관의 통일성은 사라졌다.

새마을운동이 시작되면서 정부의 지도와 지원으로 도단지붕과 초

가지붕은 일제히 슬레이트 지붕으로 바뀌었다. 슬레이트 지붕은 도단지
붕을 개량한 모습이었다. 대량으로 공급해야 했으므로 집집마다 모양이
같았다. 슬레이트는 도단처럼 내구성은 있었으나 처음에 밝은 회색이었
던 것이 시간이 지나면서 역시 어둡게 변했다. 슬레이트가 등장하면서 도
단기술을 가진 사람들은 세숫대야 같은 생활도구를 잠깐 만들다가 플라
스틱이 보급되면서 그마저도 일거리가 없어졌다. 초가지붕을 만들던 마
을 어른들이 짚으로 용마루를 만드는 기술도 잊혀져갔다.

내 취미는 마당 쓸기

마당을 쓰는 게 버릇이 된 지 오래다. 요즘에도 여러 가지 모양의 빗자루를 들고 집안에서 시작하여 행길까지 쓴다. 계절이 바뀌어도 그 습관은 변함이 없다. 낙엽이 지면 낙엽을 쓸고 눈이 내리면 눈을 쓴다. 청소원과 다를 바 없다. 우리 집 앞 도로에는 담배꽁초나 아이스크림 막대기가 많은데 내가 도로를 쓸고 있는 모습을 보면서도 쓰레기를 버리는 사람이 있지만 나는 쓰는 일에 전념한다. 그것이 보람되고 즐겁다.

어렸을 때부터 나는 집안 이곳저곳을 쓸기 좋아했다. 초등학교 때 대청소를 하는 날이면 같은 반 친구들이 유리창 닦기나 교실마루에 초칠을 맡으려 했는데 나는 교실 주변을 쓰는 일을 자원했다. '마당 쓸기' 팀의 조장(組長)을 맡기도 했다. 방과 후 집에 돌아오면 어질러진 마당을 쓰는 일은 당연히 내 차지였다. 농번기 때는 온 집안이 곡식으로 가득 찼으므로 마당을 쓸 공간이 많지 않았으나 최선을 다해 좁은 공간에 비질을 했다. 해가 긴 여름에는 산에서 소에게 풀을 먹이고 돌아와 어두워질 때까지 빗자루를 들고 마당을 쓸었다. 그럴 때마다 어른들은 '저녁에 마당을 쓸면 복이 나간다'며 한사코 말리곤 했다. 어떻든 마당을 쓸고 난 다음에야 마음이 편안했고 달도 더 밝고 크게 뜨는 것 같았다.

농촌에서 자란 나로서는 학생기록부 취미 란에 무엇을 적어야 할지 난감하곤 했다. 도시에 사는 친구들은 음악 감상, 독서, 탁구 혹은 피아노 연주와 같은 선진적인 취미를 적을 수 있었겠지만 이삭줍기, 소먹이기, 벌레잡기, 나무에 오르기 등이 생활이어서 도시생활을 기준으로 적시할 취미나 특기가 없었다. 지금에 와서 생각하니 학생기록부 '기타' 란에 내 취미를 '마당 쓸기'라고 쓸 걸 그랬다는 생각도 든다. 하지만 그렇게 썼더라면 선생님도 황당해하고 친구들은 나를 '마당쇠'라고 별명지어 놀렸을 것이다. 내가 도시로 가서 검사나 판사가 되기를 조심스레 바랐던 부모님의 실망도 컸을 것이다. 그러나 이제 이순(耳順)이니 놀림을 감당할 나이도 되었고 부모님도 세상에 안계시니 내 취미가 '마당 쓸기'였다고 자신 있게 커밍아웃해도 될 것 같다.

마당을 쓸고 있을 때 내 마음은 평안하다. 마당을 쓰는 일은 도시로 나온 뒤에 배운 악기연주나 사진촬영 못지않게 귀중한 치유(治癒)의 행위이며 기도와 같은 신성한 의식(儀式)이다. 나의 노동으로 인해 어지러운 상태가 깨끗해지는 것 자체가 수신(修身)이다. 어렸을 때 어머니는 부뚜막에 물을 떠놓고 조왕신에게 가정의 안녕을 지켜달라고 기원했다. 그렇게 스스로의 마음가짐을 새로이 하고 맑게 하며 식구들의 행복을 염원했다. 그렇듯 나는 빗자루를 들고 마당을 쓰는 행위를 통하여 어머니가 물을 떠놓고 기도하던 모습을 반추(反芻)하고 복사(複寫)한다.

> 내 마음에도 커다란 싸리비 하나 만들어
> 잡다한 생각 나부랭이들
> 허튼 욕심, 바보 같은 버릇
> 쏴악 쏴악 쓸어버리고 싶다
>
> – 손인호, '해인사 싸리비' 중에서

심지어 미국에서 생활할 때에도 마당을 쓸었다. 건축물이 'ㄷ'자로 늘어서 있어 가운데 빈 공간('square place'라고 불렀다)의 공유마당이 있는 타운하우스에 살았는데 마당 전체를 쓴 적도 있다. 이국 땅에서 마당을 쓸면서 기도하는 일 외에 달리 할 수 있는 게 없던 날들의 나의 선행이었다. 귀국해서도 아이들을 양육하면서 혹은 내가 멀리 있는 일터로 떠나야 할 때에는 어머니의 정안수를 기억하며 마당을 쓸었다. 마당은 곧 나를 도야(陶冶)하는 공간이었고, 마당 쓸기는 나만의 다스림이자 기도방식이었다.

우리 동네 우물, 새미

우리 동네 20여 가구가 먹었던 물은 두 개의 새미(우물)에서 공급되었다. 두 개의 새미는 마을의 전체적인 수환경(水環境)과 연관 되었는데 윗마을 새미는 마을 가운데를 관통하는 물줄기에 닿아 있었고, 아랫마을 새미는 안산자락의 물줄기 바로 옆에 자리했다. 우리는 마을 입구에 살아서 안산자락 새미를 사용했다. 묵시적 협약과 관습에 의해 윗마을 사람들은 아랫마을 우물을 사용하지 않았다. 아랫마을 사람들 또한 윗마을 우물로 물을 길으러 가는 것을 어색해 했다.

위생이 중요해서 살균 목적으로 여름에는 보건소에서 동그랗고 긴 소독약을 우물 바닥에 가라 앉혔다. 새미는 지대가 낮은 곳에 위치했다. 청결을 유지하기 위해 주위에 돌담을 쌓았는데, 여름철에는 우물 전체가 인근의 논에 있는 물과 뒤섞여 독성 이끼류가 자란 적도 있었는데 동네 아낙네들은 힘을 합해 우물 물을 다 퍼내서 깨끗하게 했다. 새미는 이내 어딘가에서 다시 물이 모여 바닥이 보일 정도로 투명해졌다. 집집마다 목욕시설이 있었던 것이 아니었으므로 여름밤에는 여자들이 우물가로 몰려가서 등물을 했다. 한겨울에도 우물물은 외부 온도보다 따뜻해서 얼지 않았고 눈이 덮이지도 않았다.

새미는 여인네들의 공간이었고, 물을 길어오는 일은 여자들의 몫이었다. 어머니와 누나들은 항아리를 이고 가서 물을 길어 왔다. 새미는 집에서 200미터 가까이 되어서 머리가 아프지 않고 균형도 잡기 위해 또아리를 가지고 다녔다. 또아리가 땅으로 떨어지지 않도록 30센티미터 정도의 지푸라기를 늘어 뜨려 입에 문 채 눈을 약간 아래로 깔고 길에 있는 장애물을 관찰하는 자세로 종종걸음을 걸었다.

집으로 운반해 온 물은 보다 넓은 자박지(항아리)에 채웠고 빈 독을 이고 이내 우물로 가기를 두 세 차례 반복했다. 집안에 손님을 치르는 일이 있을 때는 누나가 여러 차례 물을 이어 날랐다. 물을 길으러 갈 때는 물을 떠 담을 박 바가지도 함께 가져가곤 했는데 어쩌다 바가지를 가지고 가지 않는 경우에는 이웃집 아낙네의 바가지를 빌리기도 했다. 물동이가 무거울 때는 옆 사람이 대신 머리에 이어주기도 했다.

그렇게 길어 온 물은 밥을 짓는 경우를 제외하고는 함부로 쓰지 못했다. 빨래는 당연히 우물가에 가서 해 와야 했고, 밥을 짓기 위한 쌀도 우물가에 가서 씻어 오는 경우가 많았다. 우리는 세수를 하거나 집에서 머리를 깎고 난 다음 머리를 감을 때에는 마을 안쪽으로 흐르던 작은 도랑을 이용했다. 추운 겨울, 도랑에서 세수하려면 몇 번이고 망설이고 다짐한 다음에 가야 할 정도로 귀찮고 싫었다. 그래서 세수를 하지 않고 학교를 가는 경우도 있었다.

그러다가 교사인 집안 형님 집을 비롯하여 동네 한 두 집이 펌프를 들여왔는데 부럽고 신기했다. 펌프를 들여 온 집에서 물을 길면 거리상 편리하긴 했으나 사람들은 남의 집에 물 빚을 지는 것을 미안해했던 것 같다. 그래서 전통적으로 이용했던 동네 우물을 이용했다. 그러다가 마을 뒷산 자락 중의 하나인 산죽골 중턱에 있는 작은 우물에서 각 가정까지 상수도를 설치하자는 제안을 누군가 했다. 어른들 하시는 말씀을 들으면, 수년 전에 그 우물에서 물을 길어와 기도를 했고, 치성을 드리기 위해 물을 길으러 갔다가 하얀 뱀을 보았다는 얘기도 했다.

나는 그 우물에 신령한 기운이 있다고 믿었고 그 물의 기운을 얻으면 건강하고 큰 꿈도 이룰 수 있을 것이라는 믿음도 가졌다. 어른들은 물을 운반함에 있어 기술적으로도 산죽골을 원천(源泉)으로 하는 것이 괜찮겠다고 판단했던 것 같다. 우물은 산중턱에 있었으므로 마을 아래까지 파이프를 연결했을 때에 물의 낙차를 이용해서 물을 운반할 수 있어 평지에서처럼 가압장 같은 것이 필요하지 않았던 것이다.

물의 양은 적었지만 지속적으로 흘러 나왔으므로 사람들은 일단 마을 중간에 비교적 큰 저장고를 만들어 물을 모은 다음, 각 가정별로 필요에 따라 배분하는 형태를 취했다. 상수도관으로 썼던 파이프는 지하 30센티미터 정도의 깊이에 묻어서 얼지 않도록 했고, 저장고는 지하에 매설함으로써 겨울에 얼거나 여름에 물이 과도하게 따뜻해지지 않도록 했다.

각 가정마다 저장고보다는 훨씬 작은 물탱크를 콘크리트로 만들어서 수돗물을 받았고 판자로 물탱크를 덮어서 이물질이 들어가지 않도록 했다. 수도가 들어오면서 어머니와 누나는 물 긷는 것으로부터 자유로워졌다. 빨래하기도 편리해졌고, 여름날에는 우리 수돗가에서 등물을 하고 세수도 했다. 그때부터 세수하지 않고 학교에 가는 일은 거의 없었다.

지금에 와서 보면 우물은 공동체의 여론이 조성되는 공공 공간이었고, 관습적으로 나이 든 사람들이 나이 어린 사람들에게 미덕을 가르치는 교육장이기도 했다. 여인네들이 서로 통하는 고단한 삶의 애환을 얘기하는 곳이기도 했고, 관습에 어긋난 행위를 한 사람들을 비난하는 곳이기도 했다. 새미에는 빨래공간이 있었는데 빨래방망이를 두드리는 소리는 이 산 저 산에 부딪쳐 마을 전체에 들렸다. 물을 한 바가지 한 바가지 물동이에 담으면서 웃고, 흉보고 혹은 부러워하고, 때로는 위로도 주고받았을 것이다. 반면 남자들은 우물가에 가서 여인네들이 말이 많아지는 것을 싫어했다. 공동체의 화합이 깨질 수도 있고, 농사를 짓는다는 것이 여간 손가는 일이 아니라서 일이 바쁜데 한가하게 놀고 있다는 인식 때문에 새미에 오래 머무는 것을 미덕으로 여기지 않았다. 그렇게 새미는 마을공동체를 위한 절제된 사회적 소통공간으로서 기능했다.

새미는 이제 없다. 개발이라는 이름으로 1990년대 초반부터 시작된 우리 마을의 변화는 공간을 최대한 넓혀 개발하기 위해 안산과 안산 바깥쪽 등성이인 에바골을 아예 사라지게 했고, 산죽골과 불당골(佛堂谷)의 아랫부분도 잘라 버렸다. 우리 가족의 입에 가장 많이 오르내리던 큰 진등과 작은 진등 사이의 구릉지인 구개뻔덕과 그 반대쪽으로, 걸어서 기차를 타러 가기도 하고 기차를 타고 주말마다 돌아오던 셋째 형을 기다리던 느지매기도 옛 모습을 찾기 어렵다. 흐르던 물줄기들은 끊어지고, 두 개의 새미는 온데간데없이 사라졌다. 산죽골에서 내려다보면 예전에는 바다가 보였지만 이제는 고층아파트가 바다를 막는다. 한 마을에 살았더라도 동네 우물을 기억하는 사람들이 이제 많지 않다. 어쩌다 상가나 결혼식장에 가야 잠깐씩 그 시절 이야기를 몇 조각 듣고 올 뿐이다.

누나의 결혼식

우리 마을은 전통적으로 신랑이 신부 집에 와서 결혼식을 올렸으며, 하룻밤을 머문 다음 신부를 데리고 본가로 떠났다. 결혼식은 농사철이 지난 겨울에 주로 했다. 결혼 날짜는 기운이 좋은 날을 택했으며, 친족 및 마을의 다른 행사와 겹치는 날을 피했고, 명절 근처나 김을 채취하는 날도 피했다. 결혼식 며칠 전에 어머니는 사돈댁에 보낼 이바지 음식을 뚜껑 있는 광주리에 넣고 색이 고운 보자기로 싸서 지게를 질 수 있는 나이인 형에게 운반하게 했다. 음식예물에 더하여 사돈어른을 위한 예물인 솜이불을 만들기 위해 여러 해에 걸쳐 목화를 따서 모았고, 장터에서 솜을 타고 수가 놓인 이불보를 사 온 다음, 바느질을 했고 이불과 요를 짝을 이뤄 보자기에 싸서 지게에 지워 보냈다. 어머니는 '딸을 잘 부탁 한다'는 뜻을 담았는지 이바지 음식과 이불을 만드는데 예(禮)를 다했고, 정성을 다했다.

혼례식이 있는 날 하루 전에는 신랑 측으로부터도 예물을 담은 함이 왔다. 신랑 측이 신부와 신부 집안에 주는 선물이었는데, 신랑친구들이 지고 와 선물의 대가를 크게 요구했다. 어머니는 미리 준비한 돈, 음식 그리고 술을 챙겨준 다음 흐뭇한 표정으로 선물을 받았다.

혼례식을 준비하기 위해 마을 청년들의 도움을 받아 키우던 돼지를 잡았다. 돼지는 소보다 회임기간이 짧고 빨리 자라 잔치 준비하기에 괜찮았다. 잔치 상에는 돼지고기에 더하여 홍어, 꼬막, 전 그리고 막걸리가 꼭 있어야 했다. 어머니는 결혼식 열흘 전부터 찾아올 손님을 감안해서 막걸리를 담갔으며, 숙성된 막걸리를 큰 통으로 옮겨 담았다. 손님은 많은데 부엌이 좁았으므로 미리 전을 부쳐놓거나, 야외에 간이 부엌을 만들어 음식을 조리했고, 온 동네 아낙네들이 어머니의 지휘에 따라 음식 만드는 일을 도왔다.

농사일이 끝난 빈 겨울마당은 결혼식장으로 바뀌었다. 탈곡기가 돌아가던 때의 마당풍경과는 달리 혼례를 치르는 모습은 즐거우면서도 경건했다. 혼례는 마을 공동의 축제였고, 사람들은 좁은 마당에서 이루어지는 결혼식을 보기 위해 담장 위에 걸터앉거나 이웃집 담장 너머로 구경을 했다. 남도(南道)에서는 동짓달이나 섣달에 푸르른 것은 소나무나 사철나무 밖에 없었고, 붉은 것이라곤 동백꽃 밖에 없었으므로 신랑은

집 마당에서 올린 작은 누나의 결혼식. 1972년 광양.

사철나무와 동백꽃으로 둥그렇게 만든 화환을 목에 걸고 결혼식에 임했다. 신랑이 동구 밖에서 가마를 타고 와 마당으로 들어섰다. 신부는 방안에서 화장을 하고, 족두리를 쓰고, 의복을 갖추고 기다렸다.

주례를 맡은 마을 어른이 "신부출~"을 외쳤을 때 신부는 옷소매로 얼굴을 가리고 마루로 나와 멍석이 깔린 마당으로 내려온 다음 신랑의 맞은편에 섰다. 이어 "서포안이지우청사~", "북향궤~", "재배~"와 같은 신랑 신부의 행동 순서와 내용을 안내했다. 들러리는 주례의 지도에 따라 신부를 앉히고, 절하게 하고, 다시 서게 하고, 따른 술잔을 마시게 했다. 식순에는 신랑 측 축사와 신부 측 답사가 있었다. 한지에 세로로 내려 쓴

축사와 답사는 똘망똘망한 아이들을 시켜 읽게 했는데, 유머도 들어 있었으며, 혼례식에 적합한 화창한 날씨, 상대편 집안에 대한 찬사 그리고 신랑신부가 화목하게 백년해로하며 자녀도 많이 낳고 논밭도 많이 사서 풍요롭게 살았으면 좋겠다는 축복 형태로 구성되어 있었다.

결혼식이 있은 날 저녁에 마을 청년들은 신랑을 데리했다(괴롭혔다). 신랑을 거꾸로 매달고 다듬이 방망이로 발바닥을 심하게 때리기도 했다. 신랑은 가족이 되는 통과의례를 호되게 치렀던 셈이다. 신랑은 참아야 했으며 청년들의 괴롭힘으로 인한 고통을 이기지 못하고 신랑이 신부의 어머니에게 "어머니 도와 주세요"라고 말할 때쯤 통과의례 형식의 고문은 끝났다.

하룻밤이 지난 다음 누나는 시집으로 떠났다. 가족과 헤어져 낯선 가족과 결합한다는 것, 그것이 운명이라고 생각했던 관습, 울음소리가 나야만 부모님의 아쉬움을 달랠 수 있다는 것 등으로 누나는 꽃가마가 대문을 나서는 지점에서 소리 내어 울었다. 여자의 운명을 아는 어머니는 대문 밖까지 나와 치마 끝으로 눈물을 훔쳤고, 아버지는 늘 그랬듯이 감정을 추스르는 방편으로 지게를 지고 들판으로 나갈 채비를 했다. 누나와 어머니의 애이불비(哀而不悲)의 울음으로 혼례행사는 매듭지어졌다. 누나는 태어나서 자란 고향마을의 이름을 따라 '절골댁'이라는 택호로 새로운 가정을 만들어 한평생을 살았다.

어머니의 보리밥 짓기

쌀이 많이 부족했던 때에 어머니는 바쁜 걸음으로 들판에서 돌아와 해가 지기 전에 절구통에 마른 보리를 넣고 나무 공이로 오래도록 찧었다. 딱딱한 껍질을 벗겨내서 잘 삶아지도록 하고 먹기 좋게 하려는 오래된 노하우였다. 대개는 보리를 두 번 삶았다. 쌀이 부족했던 때라 아버지는 창고에서 정기적으로 쌀을 꺼내 부엌에 있는 작은 쌀독에 배분했는데, 쌀의 양을 엄격하게 통제하는 눈치였다. 할머니로부터 물려받은 것인지 쌀독 일부가 깨져서 삼베로 풀을 먹여 땜질을 했고 주둥이 부분이 금이 가서 철사로 동여매어 놓기도 했다. 어쩌다 지폐가 물에 젖은 경우에 쌀독에 넣었다가 몇 시간 후에 꺼내면 감쪽같이 습기가 사라졌다.

가마솥에 한번 삶은 보리를 두어 바가지 남짓 넣었고, 그 다음 물을 부었다. 맨 나중에 밥 한 그릇 정도의 쌀을 달걀 노른자위처럼 보리 위에 얹어 다시 끓였다. 그러니까 보리가 95퍼센트 쌀이 5퍼센트 정도의 배합이었다. 어머니는 솥뚜껑을 닫고 행주로 솥 주변을 말끔히 닦은 후, 오른편의 큰 솥과 왼편의 작은 솥 사이 부뚜막에 작은 종지기에 맑은 물을 떠 놓았다. 가족을 위한 어머니의 신앙이었다.

가끔 어머니가 편찮을 때는 작은 누나가 그 일을 대신하기도 했다. 밥이 거의 끓여지면 솥뚜껑을 약간 열어서 김이 빠지게 했다. 일단 밥이 퍼지고 나면 밥그릇에 담기 시작했는데 가운데 부분의 쌀밥은 할아버지께 드리기 위해 따로 담아서 복지깨(뚜껑)를 덮어 별도의 밥상에 먼저 놓았고, 그 다음은 쌀에 보리를 조금 섞어 아버지 밥그릇에 담았다. 할아버지와 아버지를 구분 짓기 위함이었다.

그 다음의 배분은 대체로 평등했는데, 솥 안에서 쌀과 보리를 배합 비율에 관계없이 무조건 섞어 가족들에게 골고루 나누어 담았다. 가족이 많아서 정확히 배고픔의 정도에 맞추어 밥의 양을 배분하기가 어려웠다. 밥이 부족할 때에는 어머니가 밥솥에 남아 있는 누룽지를 먹어야 하는 경우도 많았던 것 같다. 가족이 많아 밥그릇을 밥상에 놓을 공간이 없었던 어머니는 대개 방바닥에 그릇을 내려놓고 먹었다. 어머니는 배고프지도 않고 온 가족을 위해 그렇게 해야 하는 줄 알았다. 그리고 나는 맨 먼저 내 밥에서 쌀의 많고 적음부터 살폈으며, 지겹도록 반복되던 보리 위주의 밥상이 몹시 못마땅했다.

할아버지가 돌아가신 후에는 밥상에 약간의 변화가 있었다. 어머니가 아버지를 위해 제일 먼저 할아버지께 했던 것처럼 밥을 담았고, 그 다음 나와 막내에게 쌀의 비율을 약간 높여주었다. 형들은 그럴 때마다 눈살을 찌푸리곤 했는데 좀 미안하긴 했지만 그 시선을 피하느라 애썼다. 그리고 나머지 밥은 예전처럼 전체적으로 과감하게 섞어서 배분했다. 이삭 당 수확량이 서 너 배나 되는 통일벼와 유신벼가 나오고 나니 쌀 부족 문제가 대폭 해소되었다. 그때부터는 우선순위에 관계없이 솥 안에서 쌀과 보리를 섞어서 밥을 펐다. 그렇지만 통일벼를 찧어서 만든 쌀은 찰기가 없었고 비록 양은 많아졌지만 이전의 쌀에 비해 밥맛이 없었다.

유신혜@2020

정부에서는 오히려 보리가 건강에 좋다고 홍보하기도 했다. 잎이 무성한 통일벼가 병충해에 약해서 여름에 벼멸구와 수인성 식물 병 때문에 농약을 많이 사용했다. 그래서 아버지는 농약을 거의 사용하지 않는 보리가 쌀보다 더 좋은 농산물이라고 말하곤 했다. 어떻든 쌀이 대량으로 생산되면서 아버지는 밥을 지을 때 쌀을 60퍼센트 보리는 40퍼센트 정도의 비율로 배합해도 좋다고 어머니에게 허용한 것 같았다.

보리에 얽힌 괴롭고 즐거운 추억들이 많다. 봄이 오기 전에 고무신에 언 발로 보리밭을 밟아주어야 했던 일, 가시가 많아서 타작하기 어렵고 귀찮았던 일, 여름이 오면서 더워지는 들판에서 끝없이 흩어진 보리이삭을 줍던 일 등은 생각하기 싫은 것들이다. 그렇지만 보리밭 고랑에 숨겨놓았던 고구마를 학교 다녀오는 길에 찾아서 베어 먹던 일, 나무껍질을 겹치고 보리 잎을 넣어서 풀피리를 불고, 보릿대의 마디 가까이에 손톱으로 쪼개서 보리피리를 만들어 불던 일, 보리를 구어 먹던 일, 숨바꼭질을 할 때 보리밭 고랑 사이에 숨던 일 등은 아름다운 기억으로 남아 있다.

간혹 대실고모(대실은 지명으로 '竹谷'으로 여겨지며, 아버지는 그 할머니를 늘 그렇게 불렀다)가 우리 집에 오곤 했다. 가난할 때에는 손님 오는 것이 반가울 리가 없었다. 그런데 아버지는 대실고모를 매우 다정하게 맞곤 했다. 대실고모가 떠날 때는 차비도 주고, 곡식도 챙겨주었다. 대실고모는 머리가 유난히 하얗고 너그러워 보였으며, 항상 밝은 표정이었고 총명했으며, 목소리도 우렁차고 맑았다. 내가 외지에서 고등학교를 다니게 되면서부터 소식을 알 수 없었는데 무척 장수했다고 들었다. 뒤에 아버지로부터 들은 얘기지만 오래 전에 먹을 것이 없던 시절에 대실고모가 보리쭉정이 한 말을 아버지에게 주었던 적이 있었다고 했다. 그 보리쭉정이가 대가족을 먹여 살려야 했을 아버지를 그토록 감동시킬 수 있었구나 싶었다. 그 후로 나도 살아오면서 대실고모 같은 분을 더러 만났고, 나도 대실고모 같은 마음으로 살아야겠다는 생각을 가지기도 했다.

옷감 만드는 일

우리 마을 뒤 논 가운데에는 삼을 삶을 수 있는 큰 화덕이 있었다. 우리는 삼을 '삶는다'고 하지 않고 '굽는다'고 했다. 집집마다 삼베가 필요해서 삼을 굽는 화덕은 곧 마을 공동시설이었고, 날을 잡아 함께 삼을 구웠다. 삼밭은 대개 대나무밭 근처 척박한 곳에 있었고, 여름이 오기 전에 아이들 키를 훌쩍 넘을 만큼 컸을 때 베었다. 삼은 특별히 씨를 뿌렸던 것 같지는 않은데 다년생 풀이라 스스로 나서 자라고 베어지고 그곳에서 또 자랐다. 그러니까 삼밭은 계속 삼밭이었다. 옷감을 만드는 데는 줄기가 쓰였으므로 어른들은 줄기를 베어 지게에 지고 삼을 굽는 곳에 내려놓고 차례를 기다려 삼을 구운 다음 물을 빼내고 각자 집으로 지고 갔다. 삼을 굽는 것은 원료로 쓰이는 껍질을 더 질기고 신축성 있게 하려

함이었던 것 같다. 집에 가져온 삼은 여인네들의 일감이었다. 돌아가면서 한 집에 모여 길쌈을 했고, 초저녁부터 시작되는 여인네들의 또 다른 일이었다. 입과 허벅지 그리고 손바닥을 이용해서 이어 나갔고, 그렇게 만든 실은 베틀작업으로 옷감이 되었다. 노랗게 말린 옷감은 값 나가는 물건이어서 팔아서 돈으로 바꾸기도 했지만 재단해서 옷을 만들기도 했다. 뻣뻣한 질감의 삼베옷은 아이들의 연한 살에는 껄끄러웠으므로 막 등장한 나일론이나 다우다(태피터)를 재료로 한 옷을 사 입었다. 어른들은 여전히 삼베옷이나 모시옷을 입는 것에 익숙했고 여름 이불과 생활용 천에 삼베는 두루 쓰였다.

　　면은 삼베보다 인장강도는 약했지만 더 가볍고 부드러운 소재였다. 목화 생산을 위해 이른 봄 마른 밭에 씨를 뿌려서 초가을에 수확했다. 목화 꽃 색깔은 대부분의 꽃들이 가지지 못한 신비한 연두색이었는데, 초여름쯤 열매가 엄지손가락 마디 크기로 자랐을 때에는 달고 수분이 있어 간식거리가 없던 당시의 아이들의 요기도 되었다. 열매가 익어 터졌을 때 모습을 드러낸 순백색 목화 꽃은 가을밭의 아름다움이었으며, 여름 내 일한 여인네들에게 뿌듯한 보람이었고 희망이 되었다. 하얀 목화 꽃은 따서 바구니에 담아 왔고, 남은 가지는 말려서 땔감으로 썼다. 이렇게 수확한 목화는 삼베나 모시와 용도가 달랐다. 물레를 돌려 목화에서 실을 뽑는 일을 '잣는다'고 했고, 수동이긴 했지만 목화를 잣는 기구도 다양하고 세련된 모습이었다. 목화로 면 옷을 만들기도 했으나 성가신 일이라 바느질용 실을 만들거나 이불에 넣는 용도로 사용했다. 시집보낼 나이가 된 딸을 위해서는 몇 년에 걸쳐 목화를 모으기도 했다. '이불을 몇 채 해왔느냐'가 시댁 어른에게 갖춘 예의의 정도 혹은 얼마나 부지런한 집안의 여식인지를 가늠하는 잣대가 되기도 했다. 솜이불은 따뜻했으나 부피가 컸고, 몇 년 사용하면 탄력을 잃었는데, 그땐 솜틀집에 가서 솜을 다시 타서 사용했다. 지금도 도시 한 켠에는 솜틀집이 남아 있기도 하다.

견사는 집에서 생산하지는 않았지만 견사의 원료였던 누에고치를 생산하는 일은 좋은 부업 감이었다. 누에는 보리가 팰 무렵에 배추씨만큼 작은 씨앗을 축산업협동조합에서 받아다가 따뜻한 방에 두고 일 주일쯤 지나면 작은 애벌레가 꿈틀거리기 시작했다. 처음에는 뽕잎을 아주 잘게 썰어서 주었고, 아주 조금씩 자랐다. 그러다가 성충이 되면 뽕잎 먹는 소리가 빗소리 같았다. 식욕이 왕성해질 때에는 하루에 서너 번씩 뽕잎을 주었고, 어머니는 한밤에도 일어나 뽕잎을 주기도 했다.

뽕을 따는 일은 여자들의 몫이었다. 달리 운반수단이 없었으므로 작은 보자기를 이어 붙여 큰 보자기를 만들어 사용하기도 했다. 밭가에 잎이 크고 부드러운 개량 뽕나무를 심었고, 뽕나무 아래에 보자기를 펼쳐놓고 뽕잎을 따서 모았다. 누에가 자랐을 때에는 엄청난 양의 뽕잎을 먹어서 어머니는 보자기에 가득 뽕잎을 따 얼굴이 보이지 않을 정도로 이고 와서 마루에 부려 놓곤 했다. 비가 올 것 같으면 미리 뽕을 따다 마루에 두었고, 비를 맞은 뽕잎은 누에에게 먹이기 전에 마루에서 말렸다.

누에는 적절한 온도를 유지해야 했으므로 우리가 먹고 자는 방안에서 키웠고 날이 갑자기 쌀쌀해지거나 습기가 있는 날은 아궁이의 불을 지펴 방안을 건조하게 했다. 누에가 제법 자랐을 때에는 방 좌우에 3, 4단 높이의 시렁을 만들어 누에를 재배분했다. 누에 때문에 잘 자리를 잃은 가족들은 남은 방에 모두 모여서 자거나 친구들 집에 가서 자고 오기도 했다. 다 자란 누에가 움직임이 둔해지고 색깔이 하얀색에서 노란색으로 변할 무렵부터는 뽕잎을 먹지 않았고, 어머니는 여유가 생겼다. 고치를 수확하고 난 다음 누에를 키웠던 시렁은 철거되었으며, 방은 이전처럼 넓고 환해졌다.

누에고치를 시장에 팔러가는 일은 어머니의 몫이었다. 누에고치는 거의 모든 노력이 어머니 소관이었고, 부가가치가 높았으므로 누에고치를 달리고(팔고) 오는 날은 우리들이 좋아하는 고무과자와 고무신을 사왔다. 당신이 갖고 싶었던 옷이나 은비녀도 사오는 것 같았으며, 아버지도 어머니가 사온 물건들에 대해서는 묵인했고 관대했다.

　이제 삼베나 모시, 면, 견사를 가정에서는 물론 국내에서 생산하는 일도 드물어졌다. 옷감이 국제적으로 교류되고 있으니 대부분의 재료를 중국이나 동남아 등지에서 들여오는 것 같다. 농촌에 가더라도 목화밭을 찾기 어렵고, 목화 꽃을 관상용으로나 보아야 하는 세상이 되었다. 예전에 밭가에 줄지어 서있던 뽕나무들도 어쩌다 오디를 따거나 뽕잎차를 만들기 위한 용도로 변했다.

자전거를 타며

자전거가 귀했던 시절에는 시간당 얼마씩 내고 자전거를 빌려주는 대여점이 있었다. 초등학교 5학년이 되어서야 자전거 안장 위에 앉아볼 수 있었던 나는 그때까지 한 번도 자전거를 타본 적이 없어서 자전거를 빌리는 것 자체가 설레기도 하고 부담 가는 일이었다. 자전거를 잘 타는 친구가 하나 있었는데, 그 친구가 잡아주는 것에 의지해서 안장에 앉았다. 친구가 가르쳐 준 자전거 타는 요령은 '멀리 보고 달려라'는 것과 '넘어지려고 하는 방향으로 핸들을 돌려라'는 것이었다. 아무리 중심을 잡으려고 해도 균형을 잡기가 쉽지 않았다. 멀리 보면 가까운 곳에 장애물이 있는 것 같아 가까운 곳을 보게 되고, 넘어지지 않으려고 넘어지려는 쪽의 반대쪽으로 몸을 비틀게 되면서 고꾸라지곤 했다.

친구랑 자전거 대여비용을 나누어 냈는데 시간이 지나도 타는 법을 배우지 못하는 내게 친구는 조바심을 내기 시작했다. 자전거를 배우는데 더딘 나에게 '더 이상 잡아주지 않겠다'고 으름장을 놓기도 했다. 쉽게 자전거의 중심을 잡지 못해 나는 스스로에게 짜증이 나기 시작했고, 더 이상 잡아주지 않겠다는 친구도 원망스러웠다. 다시 마음을 다잡았다. 나를 내려놓고 멀리 내다보면서 자전거가 넘어지려는 쪽으로 핸들을 틀었다. 그제야 자전거는 바로 섰고 달리기 시작했다. 넘어질 것 같았지만 제법 먼 거리를 혼자 달릴 수 있었다. 늦은 봄바람은 시원했고, 친구에 대한 화도 풀리기 시작했다. 키도 커진 것 같고 마음도 뻥 뚫리는 것 같았다. 친구는 자전거를 넘겨받자마자 비포장도로의 돌멩이와 빗물에 패인 웅덩이를 피해 엉덩이를 좌우로 삐죽빼죽하면서 내달렸다.

자주 자전거를 빌릴 수는 없었지만, 친구들끼리 조금씩 돈을 모아 10분씩 나눠 타고, 내 차례를 기다리면서 자전거 뒤를 따라가거나 짐 받침대를 잡고 달리던 모습이 지금도 기억에 선하다. 따돌려 보려고 어린 발을 힘차게 굴려도 친구들은 항상 내 뒤에 있었다. 어떤 아이는 달리기 선수 같아서 금방 따라와 내 의자에 매달렸다. 제법 자전거를 타기 시작하면서부터는 친구들이 달려와 짐 받침대에 뛰어올라 앉기도 했다. 돌멩이에 부딪쳐 넘어지기도 하고, 버스가 지나고 난 다음의 흙먼지는 아랑곳하지 않고 자전거를 타기도 했다. 내게 할당된 시간이 너무 빨리 지나는 것 같았다.

봄길을 달리는 자전거. 2016년 4월, 과천.

음파샤라 불렀던 자전거는 지금도 더러 보이지만 짐을 싣기에 좋도록 바퀴가 두껍고 의자와 받침대가 튼튼하고 넓게 개조된 것이었다. 시장 통에서 일하는 아저씨들은 음파샤의 의자 위에 우리 키보다 더 높이 물건을 싣고 다녔다. 농부는 의자에 낫을 싣고, 삽이나 괭이를 자전거 틀에 맨 다음 논이나 밭으로 오고 갔다. 학생들은 제법 먼 거리를 자전거로 통학하기도 했다. 교직원은 학생들을 위해 이것저것을 자주 사다 날라야 했으므로 자전거가 필수품이었다. 말하자면 교직원용 자전거는 학교의 필수 재산이었던 셈이었다. 자전거는 소박하며 필요한 교통수단이었다. 여름에는 오르막길을 달리기가 특히 힘들었고, 겨울에는 손잡이도 차가운데 바람까지 불면 손과 볼이 차가웠다. 그래서 자전거는 봄과 가을에 타는 것이 제일 좋았다. 포근하고 선선한 날씨에 자전거가 있다는 것이 행복했다.

일터와 가까운 과천에서 오래 살았다. 과천에서 양재로 이어지는 자전거 길은 농촌 같은 풍경이다. 하천에 물이 흐르고 물고기가 노닐며, 백로, 왜가리, 오리와 같은 조류가 많이 보인다. 어린아이들이 모여서 달리는 모습을 보면 오리 떼를 보는 것 같다. 어린아이들도 풍경을 이룬다. 어릴 때 자전거로 인해 가졌던 즐거움을 이제는 아들과 함께 재현한다. 자전거로 달리는 양재천 주변은 겨울로 접어들면서 억새 밭으로 변한다. 바람이 불어와 억새 숲을 흔든다. 겨울의 석양은 특히 붉고 아름답다. 아들은 저만치서 앞서 가고 나는 뒤따라가곤 했다. 그렇게 한참을 달려 지금껏 온 만큼을 되돌아보면 아찔했다. 집에서 너무 멀리 온 것이었다. 아들을 보면서 내 인생이 벌써 여기까지 왔나 생각할 때가 있었다. 자전거를 타면서 느끼는 인생이다.

농촌 아이들의 용돈벌이

내 어릴 적 고향집에는 소, 돼지, 개, 염소, 토끼, 닭이 있었다. 내가 굴렁쇠로 논두렁을 달릴 때 우리가 키우는 개는 내 뒤를 따라 달렸다. 그때는 쥐가 많아서 쥐약을 자주 놓았는데 한 번은 개가 쥐약을 먹고 말았다. 해독약을 구할 수 없어 된장을 먹여보기도 했지만 이내 죽고 말아 한동안 우리를 슬프게 했다. 염소는 성격이 강하고 힘도 셌다. 아이들이 끌고 다니기에는 여간 힘든 일이 아니어서 어른들이 주로 길가에 묶어 두는 일을 도맡았다. 닭, 돼지 그리고 개는 음식물 찌꺼기를 먹여 키웠는데 사람이 먹을 음식도 풍족하지 않았던 때라 가축들도 그다지 풍요롭게 먹지는 못했다.

당시엔 가축을 돌보는 일이 농촌 아이들에게는 생활의 일부였다. 적

적한 시골생활에서 무료함을 달래주고 동물에 대한 사랑을 체득하는 계기를 마련해주기도 했다. 나는 소와 토끼를 주로 돌봤다. 새끼를 밴 때를 제외하고는 대체로 유순했던 토끼는 털이 부드러워 특히 귀여웠다. 토끼는 귀만 잡으면 귀가 빠지는 것으로 알려져 있는데 두 귀와 머리 뒷덜미를 함께 잡고 다른 팔 팔뚝 위에 발을 올려놓고 귀와 등을 쓸어주면 잠잠했다. 나는 학교에서도 토끼 생각을 했고, 친구들과도 주로 토끼에 대한 얘기를 하곤 했다. 학교에서 돌아오는 길에 토끼가 좋아하는 풀을 뜯어오곤 했는데, 지금도 토끼가 좋아할 만한 풀을 구분할 수 있다. 토끼가 없는 아이들은 친구들 집에 구경을 가기도 했고, 부러워했다.

자상한 아버지들은 아이들을 위해 토끼 집을 만들어 주었다. 우선 사각형 틀을 짜고, 아랫부분은 분뇨를 가려내기 위해 대나무를 사용했으며, 나머지는 송판으로 처리했다. 먹이를 주고 간혹 토끼를 꺼내기 편리하도록 문을 만들었다. 토끼는 송판을 갉아내기도 했고, 그 구멍으로 고개를 꺼내서 밖을 내다보기도 했다. 토끼는 가계에 큰 보탬이 되지는 않았다. 그다지 값이 비싸지 않아 토끼를 거래하는 일은 아이들의 몫이었고 어른들은 토끼에 관한 한 간섭하지 않았다. 아이들은 마을친구들이 가지고 있는 토끼에 대한 정보를 꿰고 있었으므로 새끼를 낳을 때쯤 되면 미리 매매계약이 체결되기도 했다.

그땐 산과 들에 야생동물이 제법 있었다. 노루, 다람쥐, 뻐꾸기, 박쥐, 꿩 등이 흔했고 오소리나 족제비도 있었다. 족제비는 집에 내려와 닭을 잡아먹는 경우가 있었기 때문에 집 근처에 오기만 하면 대나무 막대기로 후려치기도 했지만 워낙 빨라서 잡기는 쉽지 않았다. 박쥐는 우리동네 뒷산, 우리들만이 아는 바위틈에 살았다. 그래서 박쥐를 잡으러 갈때에는 의견만 모아지면 그곳으로 향했다. 박쥐가 사는 바위 옆에 조그만 굴이 하나 있었다. 거기에는 오소리가 살았다. 아이들은 오소리가 숨막혀 뛰어 나오도록 오소리 굴 입구에 불을 지펴 연기를 들여보내곤 했다. 재주 있는 아이들은 다람쥐를 잡아다가 쳇바퀴를 만들어 넣고 재롱을 떨게 했다. 어느 봄날 산에 소를 먹이러 갔다가 떡갈나무 밑에서 부화한지 제법 된 뻐꾸기 새끼 다섯 마리를 주워온 적이 있었다. 내가 뻐꾸기 새끼를 잡아왔다는 소문이 금방 퍼졌고 동네 아이들로부터 거래 제의가 들어왔다. 그래서 한 마리는 친구에게 주고 빌린 돈과 상계했고, 두마리는 다른 친구에게 팔았으며, 나머지 두 마리는 집에서 키웠다. 뻐꾸기는 메뚜기 새끼를 특히 좋아했고 제법 클 때까지 내 친구 노릇을 했다.

여름철에는 개구리, 두꺼비, 뱀, 도마뱀, 남생이 등도 농촌 어린이들의 무료함을 달래 주었다. 개구리가 가장 흔하고 거부감이 없었다. 올챙이를 고무신에 넣고 한참을 시간을 보내다가 늦게 집에 도착하곤 했다. 아이들에게 도마뱀은 꼬리를 잘라줘야만 한다는 인식이 있었다. 도마뱀을 보기만 하면 돌을 던져 꼬리를 잘랐다. 워낙 빨라서 놓치기도 했지만 비교적 꼬리가 잘 잘라졌고 잘라진 꼬리는 꿈틀댔다. 남생이는 이웃동네에 있는 농업용 저수지에 살았는데 이웃마을을 방문한다는 것은 특별한 여행이었다. 남생이가 손가락을 물면 손가락이 잘린다는 소문이 있어서 딱딱한 껍질의 가운데 부분을 조심스럽게 잡고 관찰했다. 뱀은 무섭다기보다 더럽다는 인식이 강했다.

마을 한 쪽 대나무 숲 안에는 대추나무가 한 그루 있었는데 말벌이 와서 자리를 잡곤 했다. 말벌은 집도 컸지만 수백 마리가 군단을 이뤄 집을 지키고 위협적으로 비행했다. 동네 아이들에게는 괜찮은 전쟁대상이었다. 먼저 전략을 짰고, 물자를 조달하고 역할을 배분했으며, 신속하게 날짜와 시간을 정해서 실행에 들어갔다. 말벌을 공격하는 데는 많은 인력이 필요한 것은 아니지만 아이들은 참여하는데 의의가 있었다. 키가 크고 손재주도 있고 담력이 있는 고학년 형이 선봉에 섰다. 각자 부모님 몰래 훔쳐온 휘발유를 대나무 끝에 묶은 솜과 헝겊에 흥건히 적신 다음 불을 붙여 말벌 집에 들이댔다. 말벌은 검게 타서 땅 위로 툭툭 떨어졌고, 일부는 하늘로 날아올랐다. 벌들이 하늘로 날아오를 때쯤 우리는 평소 숨바꼭질을 했던 낯익은 골목골목으로 흩어져 피했다. 말벌들의 비행이 다소 잠잠해졌을 때 2차 공격에 들어갔는데 말벌집이 땅으로 툭 떨어졌을 때 전쟁은 끝났다. 어른들은 이러한 사건을 알 법도 했는데 농사일로 바빠서인지 어땠는지 눈감아 주었고, 꾸중을 하거나 마을 문제로 확대하지 않았다.

야생동물도 사냥대상이었다. 집에 찾아오는 참새는 덫을 놓아 잡았다. Y자 모양 나뭇가지에 고무줄을 묶고 가죽을 꿰어 새총을 만들기도 했다. 소재가 넉넉지 않아 바지에 넣는 검은 고무줄이나 갓난아기 기저귀를 두르는 노란 고무줄을 썼고, 가죽은 형들이 군에서 신고 온 워커(군화) 일부를 네모나게 잘라서 썼다.

겨울철에는 동네 청소년 3, 40명이 산을 에워싸고 토끼몰이를 했다. 뒷다리가 긴 토끼는 산 아래에서 산등성이로 도망을 갔다. 어린이들은 산 아래에서 막대기로 토끼를 몰았고 산등성이를 지키고 있던 형들은 토끼를 내리쳤다. 약물을 이용해서 꿩을 잡고, 배터리로 민물장어를 잡기도 했다. 어린이들은 돌멩이를 뒤집고 가재를 잡거나 작은 민물고기를 고무신으로 잡았다. 그 시절 문화에서 용인된 어린아이들의 놀이였으며 용돈벌이이기도 했다.

내 유년의 플로피 디스크

우리 마을사람들의 겨울철 고된 삶을 담아 생산되었던 김은 검고 네모 난 모양새가 많은 이야기를 저장한 플로피 디스크(floppy disc) 같다. 어렸을 적 김을 생산하는 과정을 돌이켜보면 경건하고 숙연해지곤 한다.

우리 마을에서 십여 리 남짓 떨어진 곳에는 갯벌을 가진 바다가 있었다. 그곳으로 섬진강 물이 흘러 내려 와 바다와 만나면서 김이 잘 자랄 수 있는 서식환경이 조성되었다. 수산업협동조합에서는 김을 수출하여 외화도 벌고, 농가소득도 올린다는 명목으로 갯벌의 일부를 마을단위로 배분하여 김을 양식할 수 있는 권리를 주었다. 생산에 필요한 기본 노하우도 제공했다. 그래서 우리는 봄부터 가을까지는 농사일을 하고, 겨울이 시작되면 김을 생산했다. 가을이 저물어 가는 11월 초·중순 경 갯벌에

썹(갈대 혹은 대나무)을 촘촘히 세우고 김 포자를 뿌렸다. 그리고 한 달 남짓 지난 12월 하순경부터 이듬 해 3월까지 김을 채취했는데, 짧은 기간에 꽤 많은 수익을 올릴 수 있었다.

겨울에 바다에서 김을 채취하여 상품화하기까지는 고되고 거친 노동을 필요로 했다. 겨울로 접어들면 집집마다 농기구들은 비를 피할 수 있는 곳으로 옮기고, 대신 김을 채취하고 건조하는 데 필요한 도구를 꺼냈다. 대개는 김을 채취하는 일은 아버지, 발장에 붙이는 일은 어머니, 그리고 건조하는 일은 아이들이 맡았다. 김을 발장에 붙이는 일은 겨울철 온기가 남아 있는 가마솥을 이용했다. 그러나 따뜻한 물을 이용하면 김이 붉은 색으로 변해 발장에 달라붙어 차가운 물에 발장을 담그고 그 위에 김이 네모나게 붙을 수 있는 도움장치인 고데를 얹혔다. 그리고 씻어서 잘게 썰린 김을 한 숟가락 남짓 넣고 전후좌우로 흔들어 고데의 모양새에 맞게 적절한 두께로 분산시켰다. 짧은 겨울 햇빛에 건조하기 위해서는 새벽부터 차가운 물에 손을 담그고 수백 장의 김을 만들어야 했으므로 어머니의 손은 두꺼워지고 심지어 마비된 것 같았다. 그러나 어머니는 작업이 끝나자마자 그 손으로 이내 아침밥을 지었다.

어머니가 김을 발장에 붙여 일정량이 쌓이면 우리는 자리를 옮겨 비스듬히 세워서 물이 빠지게 한 다음, 지게에 질 수 있는 만큼씩 지고 건조할 수 있는 들판으로 향했다. 대개는 바람에 날리지 않고 햇빛을 가장 잘 눈 맞춤 할 수 있도록 남향의 보리밭 언덕 아래에 6, 70도 각도로 발장을 연이어 세웠다. 김을 지고 들판으로 향하다가 돌부리에 넘어지는 경우도 있었는데 어그러진 것들은 집에 가지고 와서 다시 정돈한 다음 언덕 아래 빈 공간에 채웠다. 겨울 햇빛은 강력하지는 않았으나 건조한 날씨 덕분에 구름이 끼지 않는 한 제법 잘 말랐다. 우리는 가장 잘 마르는 위치를 알고 있었고, 관습적으로 집집마다 김을 말리는 위치가 정해져 있어서 서로가 그 경계를 침범하지는 않았다. 멀리서 보면, 푸른색의 보리밭 고랑과 검은 띠 모양의 발장이 줄지어 늘어 선 모습이 겨울 오전 풍경이었다. 해가 뜨기 전에 널어 둔 김은 정오가 지날 즈음 말랐다. 해가 기울기 시작하면 누구와지기(축축해지기) 때문에 때맞춰 마른 김을 발장에서 떼어내야 했다. 비나 눈이 오는 경우는 재빨리 발장을 거두어 집으로 되가져와 처마 밑이나 마루 혹은 방안에서 말려야 했는데 장소가 비좁아 애를 먹곤 했다.

바람이 아주 많이 부는 날은 건조가 끝난 김을 집으로 가지고 와서 떼어냈지만 번거로운 일이어서 평소에는 들판에서 그 작업을 했다. 작업이 끝난 빈 발장을 지게에 지고 가슴에 김을 안고 돌아오는 길은 흥겨웠다. 집으로 가져 온 발장은 다음 날 작업을 위해 어머니의 작업공간에 다시 쌓였다.

김의 건조가 끝나기도 전에 이른 점심을 먹고 아버지는 긴 장화와 바구니를 지고 바다로 다시 향했다. 조수간만(물때)의 차를 감안하여 작업시간에 맞춰 마을 어른들은 줄지어 바다로 향했으므로 매일 출발하는 시간이 달라졌다. 물때에 따라 작업시간이 짧을 수밖에 없는 날은 적게 채취하고 일찍 돌아오기도 했지만 대개는 늦은 시간까지 작업을 하고 돌아왔다.

김을 채취하는 일은 갯벌에서 맨손으로 채취를 해야 하고, 갯벌에서의 이동은 쉽지 않은 일이었으며, 같은 자세로 오래 서 있어야 했고, 화장실도 쉽게 갈 수 없는 환경이었으므로 육지에서보다 서너 배나 힘이 드는 고통스런 일이었다. 따뜻한 날씨에는 부패하여 붉게 변한다고 했다. 바람 부는 날은 작업환경도 좋지 않았고 김도 잘 자라지 않는다고 했다. 그래서 사람들이 가장 싫어할 법한 춥고 음습한 겨울 날씨에 잘 자란다고 했다. 광양사람들을 그러한 김의 특성에 빗대어 '고춧가루 서 말을 지고 뻘 속 삼십 리를 기어간다'느니 '죽은 사람 셋이 산 광양사람 한 사람에게 못해 본다'고도 했다.

한 달 중 물이 가장 차올라 작업을 할 수 없는 보름과 그믐을 제외하고 아버지는 늘 바다로 나갔다. 겨울은 해가 짧고 달이 없는 가운데 돌아와야 했으므로 김을 채취하여 집으로 돌아오는 길은 대부분 어두웠다. 어른들은 바다와 마을 간의 먼 거리를 물이 빠지지 않아 무거운 김을 지고 오는 고통을 이기기 위해 중간 즈음에서 막걸리를 한 잔씩 마시고 오는 것 같았다. 김의 무게 때문에 사람들마다 대화도 없이 좁은 길을 줄지어 왔다. 육중한 발자국소리만 들렸으므로 완전군장을 한 군인들이 야간행군을 하는 것 같았다. 객지에서 고등학교를 다닐 때 집에 돌아오면 어머니는 아버지 짐 마중을 갈 것을 권했다. 아버지를 만날 수 있는 지점을 짐작하여 알려주었는데, 어느 날은 자신감에 넘쳐 어머니가 일러준 지점보다 더 멀리 갔다. 다른 아이들보다 나는 더 효성스런 아이로 여겨지는 것 같아 으쓱했다. 그런데 짐을 이어 받고 50미터도 채 못가서 주저앉고 말았다. 내 체급에 맞지 않은 역기를 든 셈이었다. 다시 지게를 이어 받은 아버지의 뒤를 따라오는 길이 부끄럽고 겸연쩍었다. 그런 고통을 알기 때문인지 어른들은 자녀들이 지게를 지지 않은 인생을 살기를 바랐다. 나는 아버지의 지게가 우리 가정과 꿈을 지탱하는 값진 도구였음을 안다.

생산된 김을 판매하는 일은 설레고 보람되었다. 물건을 살 보부상은 3, 4일 간격으로 하얀 '띠지(묶음종이)'를 가지고 가가호호를 방문했다. 20매 단위로 한 장의 띠지에 묶고, 한 톳인 100장 단위로 덧 묶고, 다시 몇 톳을 모아 보자기에 쌌다. 김의 품질은 상·중·하품으로 나누어 값이 달랐는데, 생산자의 수고로움을 알고 상거래의 신뢰형성을 위해서인지 하품으로 분류되는 경우는 드물었다. 보부상은 은행에서 돈을 세듯이 엄지손가락으로 김의 옆면을 주욱 훑어 내리면서 등급을 재확인하곤 했다. 외상거래도 없진 않았지만 대개는 즉석에서 현금을 받았으므로 아버지의 표정은 밝아졌으며 생산과정의 고난도 사라진 것 같았다. 그 돈의 상당부분은 자녀들의 결혼 준비와 학자금으로 쓰였다.

그렇게 값나갔던 김도 생산량이 많을 때는 구워서 할아버지 밥상에 두어 장 올라갔고, 우리에게도 한 장 정도씩 배당되었는데 아껴서 먹

수산업용으로 갯벌에 대나무를 꽂아 놓은 모습. 2017년 8월. 순천 와온.

었다. 설날이나 제삿날에는 생김을 씻은 다음 끓여서 먹었다. 자녀들의 혼사가 있을 때에는 어머니는 풀을 쑤어 김을 몇 겹으로 발라 붙인 다음 그늘에 며칠 동안 말려 김부각을 만들었고, 가위로 규격 있게 자른 다음 잔칫상에 내놓았다. 어머니는 부각을 만드는데 솜씨가 있다고 칭찬을 받았던 것 같았으며 꽤 자부심을 가지고 있었다. 그래서인지 노년에도 집에 다니러 온 아들네가 서울로 돌아갈 때 김부각을 챙겨 며느리 손에 들려주곤 했다.

후에 광양제철이 들어서면서 김을 채취하던 갯벌은 사라졌다. 관습 어업에 대한 보상이라는 이름 하에 보상금을 받았지만 매년 노동을 통해 소득을 올리던 사람들은 금 달걀을 낳는 닭을 잃었다고 생각했다. 김을 채취하고 건조하고 판매하던 풍경 또한 찾아보기 어렵다. 전통산업이 그대로 남아 있는 것이 좋았는지에 대해서는 아직 평가하기가 이르다. 그러나 김을 생산하던 흔적이 사라져버린 광양만의 갯벌을 바라보고 있는 내 마음은 수수롭다.

약초와 한약

아버지는 농사일도 끝나고 겨울바다에서 일이 없는 '조금(조석 간만의 차가 가장 작을 때)'에는 중절모를 쓰고 순천에 있는 한약방에 들르곤 했다. 아버지의 드문 휴가였다. 김을 판매한 수익금도 있었으므로 자신과 가족들의 건강을 돌보기 위한 목적 있는 외출인 셈이었다. 아버지를 따라 나섰던 시골 소년인 나는 한약방에서 가져 왔던 일력(日曆)에 산삼과 녹용을 배경으로 서 있는 산신령의 모습을 보아왔던지라 한의사는 최소한 나이 많은 인자한 할아버지의 모습일 것이라고 생각했다. 그런데 내가 처음 본 한의사는 아버지 또래의 손이 하얀 도시풍의 평범한 어른이었다.

그 한약방은 딱히 의무기록 같은 것을 기재하는 것 같지는 않았고, 기다리는 사람도 많지 않았다. 아버지 차례가 되었을 때 한의사는 진맥을 통해 불편한 곳을 짚어 냈으며, 아버지도 한의사의 진단 결과에 호응했다. 이어 메모하듯 붓으로 몇 자 끄적이더니 사환의 도움을 받아 네모난 첩지에 이런 저런 마른 약재를 섞어 나누었고, 빠른 손놀림으로 한 첩씩 첩지의 네 귀퉁이를 구기고 접은 다음 반제, 그러니까 열 첩을 노끈으로 묶어 내놓았다. 한의사는 낮은 목소리로 값을 불렀고, 내가 상상한 것 이상의 값이었지만 아버지는 장터에서의 거래와는 달리 값을 깎지 않았다. 한약을 화폐 가치로만 평가하지 않은 아버지의 셈법이 있었던 것 같다. 한의사는 '좋은 약재를 썼다'는 말로 단골손님에 대한 예우를 하면서 거래의 뒷맛도 부드럽게 했다. 아버지의 표정은 편안했지만, 나는 내심 우리가족의 힘든 노동 가치에 비해 터무니없이 높은 가격을 받는 한약방이 못마땅했다.

어떤 날은 아버지 혼자 한약방에 들러 어머니나 우리들을 위해 약을 지어 오기도 했다. 간혹 아버지로부터 한약을 지어 받은 어머니는 무척 고마워했고, 미안한 표정을 감추지 못했으며, '아이들에게도 약을 지어줘야 할 텐데'라고 하면서 모성애를 드러냈다. 자녀들에게 약을 지어줄 때에는 '약은 느그만할 때 묵어야지 내 나이되면 잘 안 듣는다'고 했다. 가난으로 인해 아파도 약을 제대로 지어먹지 못했던 당신의 어린 시절의 회한과 자녀들에 대한 내리사랑이 담겨 있는 것임을 나는 알았다. 아버지는 '약은 다른 사람이 달여주어야 한다'고 했다. 그래서 나는 어머니를 위해 한약을 달이는 경우도 많았다. 아버지가 마당가에 돌로 간단한 간이 아궁이를 만들어 주었고, 약탕기에 약 한 첩을 넣고, 물을 부은 다음 한약의 졸임 효과를 높이기 위해 삼베 혹은 첩지를 얹고 뚜껑을 덮었다. 마른 나무나 숯으로 적절한 양으로 졸아들 때까지 달였으며, 달여진 한약을 짜는 일은 뜨겁고 힘든 일이라 어른들의 도움을 받았다. 한약 냄새가 온 집안을 진동하는 것을 아버지는 흐뭇해했다. 그 마음에는 가장으로서 식구를 챙겼다는 자부심과 가족의 건강에 대한 소망이 담겨 있는 듯했다.

어느 날 아버지는 우리에게 한약방에서 가져 온 표본을 보여주면서 약초를 캐오길 바랐다. 판매 수익을 노리기보다 한약 값이 꽤 비쌌기 때문에 약값을 부분적으로 대물변제하기 위한 뜻도 있었던 것 같았다. 약초를 캐는 일은 날씨가 약간 쌀쌀해지는 늦가을에 광활한 산을 더트는(샅샅이 뒤지는) 일이어서 어린아이들에게는 싫지 않은 일이었다. 형과 나는 농사일이 끝나고 김을 채취하기 전의 짧은 틈이 있는 10월 하순에 비료 포대를 들고 산으로 향했다. 처음에는 삽주를 캐서 모았다. 삽주는 뿌리를 약재로 썼는데 가을이 되면서 초록색 잎과 줄기가 옅은 갈색으로 바뀌면서 풀숲에 숨어 있으면 찾기가 쉽지 않았다. 마르면 느낌이 거칠고 꽃도 딱딱한 조화(造花)처럼 생겨서 볼품도 없었다. 그래도 꽤 흔했고 우리 동네 산의 특성과 식물에 대해서 꿰고 있었기 때문에 점차 빨리 많은 양을 채취했다. 삽주 몇 포대를 한약방에 가져다주면 보약도 바꿔올 수 있을 것으로 여겼는데 많은 양의 삽주를 가져다줘도 한약 몇 첩 값도 변제

받지 못하는 것 같았다. 나는 우리 동네 관습상 어린이들의 노동 가치를 낮게 평가했으므로 일면 당연시 여겼다. 그러나 산과 들에서 날씨와 싸우면서 손발이 부르트도록 수고하여 얻은 대가와 실내에서 청결한 옷을 입고 일한 한약방의 노동대가를 비교하면서 꽤 억울한 마음이 들었다.

삽주의 공급량이 많고 값이 많이 나가지 않아서인지 아버지는 우리에게 더 이상 삽주를 캐오지 말라고 했고 대신 용담을 캐오기를 바랐다. 용담은 삽주와는 달리 알뿌리가 없었으므로 줄기와 뿌리를 함께 약재로 사용했던 것 같다. 토양의 특성에 따라 손으로 뽑을 수도 있었고, 호미로 용담의 뿌리 근처를 파서 당겨서 뽑기도 했다. 삽주와는 달리 용담은 가을하늘과 바다를 닮은 푸른색 꽃을 피웠다. 바람이 부는 광활한 민둥산의 풀숲에서 발견한 용담 꽃은 쓸쓸한 듯 예뻤다. 처음에는 삽주나 용담이 우리 몸의 어디에 좋은지에 대해 생각하면서 캤으나 점차 약초 캐는 일 자체에만 습관적으로 몰두했다.

삽주나 용담을 채취하는 대신에 약재를 대량으로 공급해 한약 값을 탕감하거나 돈을 살 수 있는 방법을 고안했던 아버지는 우리 집 뒤뜰 빈집 터에 작약을 심었다. 2년 정도 자라면 가을에 뿌리 나눔을 했는데 손가락 만하게 자란 뿌리를 세로로 잘라 다듬고 말려서 한약방에 가져다주었다. 잔뿌리는 다시 심었다. 작약은 삽주나 용담보다는 부가가치가 높은 약재였으나 이 또한 공급량이 많아서인지 높은 가격을 받지 못한 것 같았다. 그래서 몇 해 지나 아버지는 작약을 모두 파내 버렸는데, 나는 약재로서의 작약이 없어진 것보다 5월에 뒷문을 열면 형형색색의 꽃으로 뒤덮여 별세계 같았던 뒷마당의 작약 꽃을 더 이상 볼 수 없다는 게 아쉬웠다. 형들 중에는 부모님 산소 앞에 혹은 바닷가에 새로 개량한 토지 위에 작약을 심어두기도 했는데 나는 형들도 뒤뜰에 대한 기억을 가지고 있었을 것이라는 것을 내심 알았으므로 작약을 심은 이유를 묻지 않았다.

사실 우리 동네사람들은 한약방의 도움을 받아 건강을 보전하는 것에 의지하기보다 여러 가지 방식으로 집집마다 약초로 자가 면역 체계를 보강하거나 응급처방을 하곤 했다. 그래서 어떤 열매와 식물이 어떤 병에 좋은 지에 대한 정보를 주고받았다. 지천에 널려 있어 굳이 집에서 재배할 필요성이 없는 가장 유용한 약재로 알려진 것이 칡과 쑥이었다. 감기에 걸렸을 때는 칡뿌리를 끓여서 먹기도 했다. 칡은 뿌리의 특성에 따라 나무 칡과 찰 칡으로 구분했다. 나무 칡은 나무처럼 딱딱했으나 달여 먹기에는 좋았다. 찰 칡은 물이 많고 부드러워서 캐자마자 과일 먹듯이 씹어 먹곤 했다. 칡은 수직으로 뿌리를 내리기 때문에 어린이들이 캐기에는 힘든 일이라 대개 고학년 형들이 작업에 착수했으나 지켜보기만 해도 동생들에게 조금씩 나눠 주었다. 군것질감으로 호주머니에 넣고 학교에 가서 칡 결을 따라 쪼개어 친구들에게 나눠주기도 했다. 쑥은 소화 불량이 생겼을 때 찧어서 나온 짙은 초록색의 쓰디쓴 쑥물로 마셨고, 낫으로 손을 베었을 때에는 잎으로 상처를 감싸서 지혈을 했으며, 여름에는 모기를 쫓기 위해 짚불 위에 얹어두기도 했다.

한약을 지어오거나 산과 들에서 약재를 채취해서 사용하는 것 외에 가족들의 체질을 생각해서 약용 과일이나 식물을 심기도 했다. 집집마다 조금씩 수종이 달랐는데 석류, 모과, 뽕나무, 무화과, 엄나무, 구기자 등이 우리 마을에서 보았던 나무들이었고, 이러한 나무들은 생활환경에 지장을 초래하지 않는 공간인 담장 밑이나 마당가 한갓진 곳에 심었다. 또한 잔병이 잦은 여성들에게 도움이 될 약재로 밭가에 아주까리, 수세미, 때알나무, 익모초, 율무 등을 심었고, 접시꽃은 집 안에 심어 약용에 더하여 화단도 이루었다.

파월장병과 텔레비전

우리 집은 첫째 형, 둘째 형 그리고 셋째 형이 나이 차가 많지 않아 동시에 군복무를 하는 경우가 생겼다. 나라에선 농사지을 노동력이 부족할 수도 있다는 염려에서인지 한 가구에서 동시에 세 명이 군 복무를 해야 할 경우 한 명은 입영 연기를 시켜주었다. 덕분에 셋째 형은 첫째 형이 제대할 무렵까지 입영 연기 혜택을 받았다. 큰형이 군에 입대한 1970년부터 내가 군을 제대한 1985년까지 무려 15년간 부모님은 아들들을 국토방위에 봉헌한 셈이었다. 어머니는 한 번도 가보지 못한 논산훈련소의 훈련 및 자대배치 과정에 대해 꿰고 있는 것 같았다. 6·25전쟁이 끝난 지 27년이나 지났었는데도 큰형이 군에서 보내온 편지에는 '일선(一線)에서 불효자식'이 보낸다는 표현이 들어 있었다.

한번은 우리 마을에 향토사단 군인들이 훈련을 하러 왔는데 우리 집을 비롯한 몇 몇 집에서 서로 군인들에게 식사를 대접하겠다고 선의의 경쟁을 벌인 적도 있었다. 결국 밥짓기와 반찬 준비를 몇 집이 나누어 하고 군인들에게 식사 대접을 하기도 했다.

형들이 군에 가면 쓰던 책상이나 시계를 내가 이어받을 수 있다는 기대 때문에 은근히 형들의 입대를 기다렸다. 아버지는 아들들이 군에 가는 것을 크게 걱정하지 않았다. 아마 자식들이 많아 한두 명 쯤 군에 가더라도 농사일에 지장이 없었고, 식량 걱정을 덜 수도 있어서 그랬던 것 같다. 그러나 어머니는 늘 군에 간 아들들의 안위를 걱정하곤 했다. 특히 큰형이 논산훈련소에 입소했을 때 어머니의 걱정은 이만저만이 아니었다. 입고 간 옷과 신발이 집으로 되돌아왔을 땐 한동안 식사를 하지도 못했다. 전쟁을 겪은 세대였고 당신들의 살아 생전에 자식들을 한명이라도 잃고 싶지 않아서였던 것 같다.

큰형이 군 복무를 마칠 즈음 갑자기 월남으로 가겠다는 소식을 전해왔다. 국내에서의 마지막 휴가를 나온 큰형은 동네 청년들을 모아 두고 자신이 월남으로 떠나야 할 당위성을 장황하게 늘어놓았다. 의무복무 기간보다 더 연장해서 복무하는 것이지만, 월남에서도 공산군을 격멸하고, 돈도 벌 수 있으며, 대한민국 군인의 용맹성을 떨치겠다는 군인정신을 내보였다. 큰형은 맹호부대에 배속되었으며, 나는 동네 아이들에게 큰형의 대변인 역할을 했는데 '맹호부대가 백마부대보다 훨씬 용맹하다'고 말했고, 라디오에서 흘러나온 '맹호들은 간다'라는 군가의 구절에 흥분했다.

큰형이 월남에 가고 나서부터 어머니는 심장병을 앓았다. 우두커니 마루에 앉아 있기도 했고, 우울해 보이는 날들이 많았다. 트랜지스터 라디오의 주파수를 여수문화방송에 맞추고 간혹 월남에 관한 소식이 들려올 때마다 일손을 놓고 숨죽여 귀를 기울였다. 그리고 방송에서 '이역만리(異域萬里) 타국(他國)'에 있는 파월용사들에 대한 이야기가 나올 때마다 불안감을 감추지 못했다. 어쩌다 큰형으로부터 국제우편이 오기도 했는데 큰형이 살아있다는 것을 확인할 수 있는 안도감과 함께 위험한 곳에 있다는 현실을 재확인하고는 이내 걱정에 빠지기도 했다.

어느 날은 내가 초등학교를 파하고 돌아오는 길에 면사무소에 근무하는 이웃마을 주 선생님이 '너의 형이 월남갔느냐'고 말을 붙였다. '그렇다'고 했더니 '내일 면사무소로 오라'고 했다. 그 다음날 면사무소에 들렀더니 흰 고무신 한 켤레를 주면서 '부모님께 드리라'고 했다. 나는 큰형이 자랑스러웠던지라 '국가가 드디어 우리 형의 노고를 이렇게 보답하는구나'라고 생각하며 신발을 받아 와 부모님께 자초지종을 말하고 드렸다. 그런데 부모님은 썩 즐거운 표정이 아니었다. 나는 문득 논산훈련소에서 되돌아왔던 형들의 옷가지와 신발을 보던 부모님의 표정이 생각나 그 신발에 대한 부모님의 외면이 큰형이 월남에서 살아서 돌아오길 바라는 마음으로 여겨졌다.

월남전이 끝나갈 무렵에 큰형은 검게 탄 얼굴로 귀국했다. 전쟁터에서 임무를 마치고 살아 돌아왔다는 자신감이 표정에 묻어났다. 어머니는 자식을 잃을 것 같은 고통과 시름에서 벗어나 해방된 것 같았고, 안색이 몹시 밝아졌으며, 우리 가정은 평안을 찾았다.

큰형이 돌아올 때 가져온 국방색 여행용 가방에는 전장에서 찍은 흑백사진, 배급품으로 받아 간직하다가 가지고 온 미제 캬라멜과 커피 그리고 야전점퍼가 들어 있었다. 흑백사진은 대부분 야자수 아래에서 윗옷을 벗고 찍은 모습들이었다. 캬라멜과 커피 포장지에는 작은 글씨의 영어가 빽빽이 쓰여 있었는데 몸에 좋은 것이라는 뜻으로만 여겨졌다. 커피는 설탕이 귀했던 시절이라 맛이 썼고, 잠을 쫓을 수 있다고 해서 시험을 앞둔 형들이 마시곤 했다. 미제 국방색 야전점퍼는 재질이 좋아 셋째 형이 검은색으로 물들여 오랫동안 입고 다녔다. 한 달쯤 지나 큰형의 나머지 짐이 돌아왔는데 야전침대와 함께 9인치짜리 TV도 배달되었다. 여러 명이 자야 하는 좁은 방에 야전침대는 면적을 많이 차지했기 때문에 불편했지만 큰형이 침대를 사용하길 바랐으므로 세간을 치운 다음 작은 방의 가장자리에 설치했다. 우리는 여전히 전쟁문화 속에서 살았다.

때마침 전기가 들어오기 시작하면서 우리 집은 큰형이 사온 TV의 혜택으로 동네의 문명 유입 창구가 되었다. 점잖은 남자어른들은 TV를 보기 위해 우리 집을 찾는 것을 꺼려했으나 호기심 많은 마을 아낙네들과 어린이들은 겨울 해가 질 무렵 대문 밖에서 인기척을 냈고, 어머니는 그 의미를 아는지라 '어서 들어오시라'고 했다. 당시 '한중록'과 '여로'

처럼 여인의 한을 담은 일일연속극이 아낙네들의 눈물을 자아내게 했다. 대개는 TV가 있는 방안과 마루에 밤마다 마을사람들이 몰려 앉았다. 국제 축구경기 중계라도 있는 날은 더 많은 사람이 모여들었다. 그러면 마당에 멍석을 깔고 마루에 TV를 설치하기도 했다. 가끔 바람이 불거나 방송국의 전파 송출 사정에 문제가 생기면 전파가 제대로 잡히지 않아 화면이 온전치 못했고 소리만 나오는 경우도 많았다. 그때마다 우리는 기를 쓰고 안테나를 다시 세워 화면이 정상적으로 나오도록 애썼다. 화면이 작아 앉는 방향에 따라 시청이 원활하지 않았지만 아무도 불만스러워하지 않았다. 파월장병의 TV로 인해 우리 집과 우리 마을의 문화생활 수준은 이전보다 현저히 달라졌다. 대화 소재도 훨씬 풍부해졌다.

TV가 가져온 가장 큰 호사는 방에서 보는 주말 '명화극장'이었다. 또한 큰형 덕분에 중학교나 고등학교의 가구조사에서 나는 'TV가 있다'는 것을 자랑스럽게 기재했다. TV소유 여부만으로 평가하면 나는 중산층 집안에 해당되었다. 이제 큰형도 노병의 모습이 되었다. 지갑 속 월남 파병증만이 젊고 용감했던 과거를 입증하고 있다.

오래된 이발소

우리 마을에는 따로 이발소가 없었다. 산골마을이었으니 그럴 수밖에 없었다. 초등학생은 몇몇 부유한 아이들을 제외하고는 대부분 빡빡머리로 학교를 다녔다. 중학교 때부터는 하이칼라 형태로 귀밑은 짧게 앞머리는 긴 스타일로 머리를 깎았는데, 그런 모양새는 이발소에 가야 할 수 있었다. 중학생이 되면 교복도 입지만 머리스타일도 도시풍으로 바뀐다는 생각에 중학생 형들이 부러웠다.

초등학교에서는 매주 수요일 아침에 전교생을 운동장에 모아 두고 용의검사를 했다. 용의검사는 교장선생님의 훈시에 이어 행해졌다. 우리는 광활한 운동장에 오와 열을 맞추어 줄지어 섰다. 선생님은 한 손에 나무 막대기를 들고 다른 한 손에 머리 깎는 기계를 들고 한 명씩 용의기

준에 미달했는지의 여부를 육안으로 조사했다. 선생님은 막대기로 위생 상태가 좋지 않은 학생들의 손과 머리를 찌르고 때렸다. 선생님은 금방이라도 폭행할 것 같은 두려운 존재였고, 저항할 수 없는 권위의 대상이었다. 용의검사는 전체 학생들을 운동장에 모아 두고 행해진 만큼 학생들 모두에게 위생의 중요성을 알리는데 도움이 될지는 몰라도 용의미달로 찍힌 아이들은 많은 사람들의 눈매를 맞아야 하는 두려운 공간이었다. 용의검사는 동쪽에 있는 작은 동산에 아침 해가 만드는 산그늘이 운동장을 점령할 때쯤 시작되었는데 그 때의 산그늘은 공포에 질린 아이들에게는 마적처럼 느껴졌다.

대체로 내 머리는 빨리 자라는 것 같았다. 그리고 우리 집엔 머리를 깎을 이발 기계도 없었다. 그래서 주로 다른 집에서 기계를 빌려다 이발을 해야 했다. 나는 놀기도 좋아했지만 집안일을 돕느라 바빴고 이발을 해주어야 할 형도 나와 같은 처지였다. 게다가 겨울철에는 차가운 시냇가에 가서 머리를 감는다는 것 자체가 여간 귀찮은 일이 아닐 수 없었다. 어쩌면 용의검사가 없었더라면 난 아마 원시인처럼 살거나 머리가 가려워 죽을 지경이 되어야 머리를 깎았을 것이다.

그러다가 집안 형편이 나아졌는지 아버지가 이발 기계를 하나 사왔다. 그 이발 기계는 요즘처럼 성능이 좋은 게 아니어서 머리카락이 기계에 자주 끼었다. 그때마다 머리카락이 빠질 듯이 아팠던 나는 소리를 질렀고, 형은 불만이 가득한 표정으로 째려보았다. 집안 곳곳에 곡식이 있는데다 머리카락이 곡식에 들어가면 안 되기 때문에 이발은 퇴비를 만들기 위해 쌓아 놓은 두엄 근처 야외에서 행해졌다. 이발 중에 기계가 고장이 나면 분해한 다음 고치는데 꽤 시간이 걸릴 때에는 추워서 입술이 시퍼래지기도 했다. 머리가 반쯤 깎인 상태에서 기계가 고장이 날 때는 이발하는 형은 키득대며 웃었지만, 어머니는 혹시 아들의 마음이 상할까봐 엷은 미소를 짓고 못 본체하며 하던 일을 계속했다. 이발 기계라는 것이 이웃에 빌려주기도 하고, 위생적으로 관리하지도 않아서 이발과정에 상처가 나는 경우에는 기계충이 생기기도 했다. 약품이 귀했던 시절이라 상처는 오래갔다. 아이들의 머리는 기계충으로 인해 듬성듬성 머리가 없는 공백이 많았고, 상처 부위만 이발을 하지 않아 머리카락이 길게 남아 있기도 했다. 이발이 끝나면 시냇가로 달려가 누런 빨랫비누로 흐르는 시냇물에 머리를 감았다. 빡빡머리는 시원하게 느껴졌고, 용의검사를 통과할 수 있다는 해방감에 나는 흐뭇했다.

속담에 '중도 제 머리를 못 깎는다'는 말이 있는데, 나는 내 머리를 스스로 깎은 적도 있다. 용의검사일은 다가오는데 내 머리를 깎아줄 사람이 없던 어느 화요일, 내 스스로 머리를 깎아봐야겠다고 생각했다. 우선 흐릿한 새경(거울을 뜻하는 '석경(石鏡)'을 그렇게 불렀던 것 같다)을 댓돌 밑에 비스듬히 세웠다. 나는 오른손잡이여서 앞머리와 오른쪽 귀밑을 시작으로 정수리 쪽으로 잘랐다. 왼쪽 귀밑에서 정수리까지 그리고 뒷머리가 문제였는데, 왼쪽은 왼손으로 그리고 뒷머리는 오른손을 사용했다. 완벽하지 않았던 탓에 뒤늦게 나타난 형이 마무리를 해주긴 했지만, 나는 내 스스로 머리를 깎은 셈이다. 수요일 아침 학교 가는 길은 자신감이 넘쳤다.

중·고등학생이 되자 이발소를 이용하기 시작했다. 이발소에 들어서면 비누와 포마드 냄새가 손님을 맞았다. 라디오 크기의 배터리를 고무줄로 동여 맨 트랜지스터 라디오가 있었고, 여러 가지 종류의 이발 기계, 가위 그리고 면도칼이 위생적으로 질서 있게 놓여 있었다. 벽에는 이발사의 젊었을 때 흑백사진이 붙은 이용사 면허증이 있었다. 세로로 길게 늘어진 달력에는 양장 차림의 젊은 여배우와 하얀 정장을 입은 남자 배우 그리고 머리에 기름을 바른 눈망울이 크고 빛나는 어린 남자배우가 옅은 초록색의 제미니 승용차에 기대 있었다. 당시 학교 훈육규정은 복장은 물론 이발도 정해져 있었으므로 이발사는 고객에게 '어떤 스타일로 이발을 할 것인지'는 묻지 않고, '중학생인지 고등학생인지'만 물었다. 아예 묻지 않고 이발을 시작하는 경우가 많았다. 나는 이발이 끝나고 난 다음에는 습관적으로 남자배우의 모습과 나를 비교하면서 문을 나섰다.

도시화가 되면서 시골출신 청년들은 도시로 가서 이발 기술을 배웠다. 논밭을 팔아 농촌을 떠나 도시 변두리에 이발소를 차린 사람도 생겼다. 목공소나 중국집처럼 이발소도 농촌 청년들이 도시로 진출하여 취업 기회를 가질 수 있는 괜찮은 소기업이었다. 저간의 사회적 과정을 거치면서 이발소는 프랜차이즈가 등장하기도 하고, 남자들이 미장원에 서

머리를 자르는 일이 흔해진 세상이 되면서 이전에 나를 들뜨게 했던 이발소들이 사라져가고 있다. 그렇더라도 구 시가지 이발소에 들르면 장인정신을 굽히지 않는 이발사들이 꽤 남아 있다.

전남 순천시에 지금도 내가 간혹 가는 이발소가 있다. 그 사장님은 일흔을 훌쩍 넘겼는데 열아홉 살 때 이발을 시작했다고 하며 자신의 이발 기술에 대한 자부심 하나로 지금까지 살고 있다. 사장님이 지정한 육중한 의자에 앉아 흰 다우다(태피터) 천을 목에 두르고, 눈을 감으면 어린 시절부터 지금까지의 이발에 대한 기억들이 차곡차곡 떠오른다. 이발소는 나에게 참 좋은 사유공간(思惟空間)이자 치유공간이다.

십 리 를 뛰 어 야 약 국

우리 마을엔 병원이 없었다. 약을 살 수 있는 약국도 멀리 떨어져 있었다. 그래서 가정마다 응급처치에 필요한 상처치료제, 소화제, 아스피린 등을 비치해 놓는 것이 중요했다. 그런 약품이 귀했으므로 어른들은 배가 아플 땐 쑥을 찧어서 먹기도 했다. 아이들이 심한 감기에 걸리면 칡뿌리와 인동 넝쿨을 끓여 마시게 한 다음 이불을 뒤집어쓰고 땀을 흘리게 했다. 배가 아프면 배를, 머리가 아프면 머리를 쓰다듬어 주시던 어머니는 가정의(家庭醫)였고, 아이 스스로 병을 극복할 수 있는 항상성(homeostasis)을 가지고 있다는 것을 알고 있는 듯했다.

우리 마을에 같이 살던 친구 아버지는 특별히 의사의 소양을 가지고 있었다. 마을의사인 셈이었다. 사람들이 다치거나 몸이 아플 때에는 그 친구의 아버지께 먼저 물었다. 친구 아버지는 종기와 같은 비교적 가벼운 외과질환은 직접 수술을 한 다음 고약을 붙여주기도 했다. 그분이 쓰던 외 과수술용 칼은 스스로 쇠불무에 넣고 담금질을 해서 만든 것이었는데, 수술을 할 때에는 숯불에 열을 가해 소독을 한 다음 사용하는 치밀함을 보였다. 어른들의 말을 엿들어 보았을 때 친구의 아버지는 재료값에 약간의 수고비를 얹어 치료비를 받는 것 같았다. 그러던 친구의 아버지도 친구가 산에 놀러 갔다가 뱀에 물려 독이 퍼져 얼굴이 시커멓게 되어 돌아왔을 때 친구를 지게에 지고 시골길 십 리를 뛰어 약국으로 달려갔다. 시골에서는 약국이 병원을 대신했기 때문이다. 반나절이 지난 다음 친구는 얼굴에 핏기가 돌아 웃으면서 걸어 돌아왔다.

사람에 따라 옻이 잘 오르지 않는 사람도 있지만 내 동생은 특히 옻이 잘 올랐다. 옻이 오른 동생의 얼굴은 벌겋게 달아올랐고, 내가 동생을 데리고 약국에 가서 주사를 맞게 했는데 씻은 듯이 낫곤 했다. 내가 손을 크게 다쳤을 때에도 아버지는 나를 업고 약국으로 뛰었다.

그 시절에도 도시에서는 약국을 찾기가 어렵지 않았다. 역전약국, 시장약국, 광장약국, 삼거리약국, 사거리약국, 오거리약국 등의 이름이 말하듯이 역전, 시장, 광장 그리고 가로망의 결절점에는 오래 전부터 자리 잡은 약국이 있었다. 그러한 약국들은 시민들의 눈에 잘 띄고 자주 이용하는 곳에 있었으므로 가고자 하는 위치를 찾는 기준점, 랜드마크가 되기도 했다. 물론, 김약국, 이약국, 최약국과 같이 약사의 성씨를 내세운 약국도 있었고, 서울약국, 부산약국, 광주약국처럼 대도시 지명을 사용한 경우도 있었다. 이러한 약국들도 꽤 눈에 잘 띄는 곳에 위치했음은 물론이다. 약국은 이른바 근린생활시설이어서 도시마을마다 약국이 자리하는데 대한 규제가 그다지 강하지 않았다. 요즘은 국내외 프랜차이즈 약국이 등장하면서 일정 거리를 두고 촘촘히 약국이 자리하고 있다.

그 시절 약국이나 병원이 있었던 자리는 세월이 지나도 여전히 옛 모습으로 기억된다. 사람들마다 살던 집이 가정사를 담고 있듯이 도시에서의 약국은 공동체의 기억을 담은 공동기억공간이기도 하다. 그래서 지금도 친구들끼리 만날 장소를 정할 때에 '서울약국 있던 자리'라고 얘기하기도 한다. 그 시절이나 지금이나 약국은 몸을 치유할 수 있다는 희망을 주는 공간이다.

텃밭, 우리 가족 채소가게

'뒤안'이라고 불렀던 우리 집 뒤뜰은 집을 헐어내고 난 빈 공터였는데 텃밭을 만들었다. 채소를 심기도 했고 한약방에 팔기 위해 작약을 심어 봄에는 화원 같았다. 채소나 작약의 잎이 진 겨울에는 염소를 매어 놓거나 탈곡을 하고 난 벼나 보리 짚단을 쌓아 거름을 만드는 용도로 사용하기도 했다.

그래도 나는 산비탈에 있는 텃밭을 가는 것이 좋았다. 어머니는 반찬이 부족하거나 국물의 맛을 더하기 위해서는 집에서 200여 미터쯤 떨어진 느지매기나 안산 그리고 등이라고 불리던 곳에 있는 텃밭에 가서 상추, 마늘 혹은 소불(부추)을 따오라고 했다. 내겐 가을 저녁 길을 달려 심부름하는 것이 싫지 않은 일이었다. 어머니의 부탁이 떨어지자마

대개는 집 가까운 곳에 텃밭이 있었다. 2015년 4월. 순천 낙안읍성.

자 어찌나 빨리 달렸는지 돌아오면 어머니는 '금세 왔냐'고 했고, 그 말을 나는 큰 칭찬으로 여겼다. 국물이 완성되면 어머니는 국자에 국물을 조금 뜬 다음 나에게 짠지 싱거운지를 맛보게 함으로써 심부름에 대한 보답을 해주었다.

텃밭은 주로 습기가 많지 않으면서도 건조하지 않은 밭과 산, 논과 산의 틈새 자투리땅으로 논밭을 사고 팔 때 끼워 팔기도 했다. 우리 동네 해가 뜨는 쪽으로 조그마한 언덕이 하나 있었는데 우리 가족은 그곳을 '등'이라고 불렀다. 그곳에 우리 집 소유의 밭과 논이 밀집해 있어서 부모님이 그곳에서 늘 논일이나 밭일을 했다. 등에는 키 큰 소나무가 두 그루 서 있어서 위치를 식별하기 좋았고, 사방이 트여 전망이 좋았을 뿐더러 해도 제일 늦게 떨어졌다. 등에도 밭과 논 사이에 작은 텃밭이 하나 있었는데 이름을 정하지는 않았지만 우리 집에서는 '등에 가서 파나 마늘을 파와라'고 하면 나는 즉시 그 텃밭으로 향했다.

아버지는 우리 집 소유의 모든 부동산 위치, 특성, 비옥도, 피해를 주는 야생동물들을 다 꿰고 있었다. 야생동물들이 텃밭에 다녀간 흔적이 발견되면 몹시 못마땅해했다. 특히 두더지가 채소밭을 헤집어 놓는 경우가 잦아서 나에게 두더지를 잡을 것을 맡겼다. 여러 번 잡다보니 노하우도 쌓였다. 두더지는 텃밭 같은 토양환경에 꼭 있었다. 땅속 10센티미터 밑의 흙 속으로 이동했는데 땅강아지나 지렁이를 주로 먹고 사는 것 같았다. 아침나절에 등에 가면 대개는 아침식사를 위해 두더지가 텃밭을 헤집고 있었다. 앞다리를 이용하여 좌우로 흙을 파면서 전진하는 특성이 있고, 일단 후퇴는 하지 않는 녀석이어서 진행 방향을 발로 밟으면 방향을 틀어 다른 곳으로 땅을 후벼대기 시작한다. 어떨 땐 더 깊은 곳으로 파고 들어가서 잡을 수 없는 경우도 있었다. 그래서 막 방향을 틀어 움직이려고 하는 시점에 흙을 걷어내면 녀석이 땅으로 나와 도망을 갔다. 녀석은 원래 햇빛을 싫어해 등을 잡고 하늘을 보여 주면 그만 기운이 쏙 빠지고 허탈해했다.

여름철 텃밭에서 생산된 채소는 한 가족이 소비하기에는 많았다. 자연의 힘에 의해 한 가족이 먹고도 남을 정도로 많은 양을 생산하게 했다. 자연스럽게 담장너머로 인정과 웃음이 오고 갔으며 값나가지 않는 채소로 공동체는 더 따뜻해졌다.

겨울에도 텃밭은 채소를 제공했다. 밤과 무는 텃밭에 묻어 보관했다. 할아버지 제사가 설날에 임박하여 있었으므로 밤을 땅에 묻어두었다가 제삿날에 캐서 껍질을 벗기고 각을 잡아 깎은 다음 제사상 서쪽에 놓았다. 무는 제법 깊은 구덩이를 파고 짚을 둘러친 다음 수십 개를 비스듬히 차곡차곡 쟁였고 흙을 덮어 적절한 온도로 보관되도록 했다. 봄동이나 시금치는 겨울을 이겨낼 만큼 강했지만 짚으로 감싸서 아주 심한 추위를 견디게 했다. 겨울을 이겨낸 채소는 억셌으므로 끓는 물에 한번 데쳐야 부드러워졌다. 봄까지 버틴 채소와 봄을 맞아 나오는 생선들은 서로 궁합이 맞았다.

지금도 나는 텃밭을 생각할 때마다 마루나 부엌에서 도라지와 고구마 줄기를 다듬던 어머니의 모습이 선하다. 텃밭과 텃밭 가는 길은 나와 부모님과의 대화가 담겨 있는 사계절이 있는 곳이었고, 유년을 담은 수필 그 자체였다.

계절 손님들

우리 마을에는 2, 3일마다 한 번씩 찾아오는 우체부 말고도 계절마다 물건을 팔러 찾아오는 손님들이 제법 있었다. 우리 집에서는 농로를 통해 마을로 들어오는 낯선 사람들이 다 보였으므로 나는 습관적으로 누가 마을로 오는지 농로를 관찰하곤 했다. 물건을 팔러 오는 사람들은 미리 수요조사를 하고 오는 것은 아니었고 사달라고 보채지도 않았다. 오히려 먼 산골마을까지 무거운 짐을 지고 오는 사람들의 수고를 생각해서 인정으로 물건을 사주기도 했다. 물건을 팔러 오는 사람의 등장은 마을의 이벤트였고 마을 분위기를 달라지게 했다.

보리 타작이 끝나고 여름이 올 무렵에는 어김없이 바닷가에 사는 아랫마을 할머니가 채반에 생선을 이고 와서 보리, 복숭아 혹은 딸기와 바꾸어 갔다. 더러 숭어를 가져오기도 했지만 요리하기가 쉬운 전어와 갈치를 주로 샀다. 냉장고가 없었던 때였으므로 보관상의 문제도 있었지만 이웃집에게 돌아가야 할 몫도 생각해서 우리 가족이 먹기에는 다소 부족해 보이는 분량을 샀던 것 같다. 어머니는 생선을 다듬어서 소쿠리에 올린 다음 왕소금을 잔뜩 뿌려 절였고, 지푸라기로 대여섯 마리씩 묶어 처마 밑에 매달아 놓고 식사 때마다 몇 마리씩 구워 내놓았다. 육고기나 생선이 귀한 마을이었으므로 어머니는 반찬이 없을 때는 아랫마을 생선 장수 할머니를 기다리곤 했다.

제법 먼 거리에 살았던 여수댁은 마른 미역과 서대를 가지고 간헐적으로 찾아왔다. 집집마다 자녀들이 많아 미역수요도 많았으므로 해마다 두세 번씩은 찾아왔던 것 같다. 어머니는 가족의 생일에는 꼭 미역국을 끓여주었는데 가족들의 생일분포를 감안하여 미역을 미리 사두기도 했다. 객지로 나간 아들들의 생일이 돌아올 때에는 '미역국이나 제대로 먹는지 모르겠다'고 혼잣말을 했다. 우리가족은 동짓달에 생일이 몰려 있었고 특히 아버지의 생신도 동짓달이었기 때문에 미리 미역을 사서 석작(대나무로 만든 뚜껑이 있는 바구니)에 간수했다. 여수댁은 여러 해에 걸쳐 마을을 찾아왔으므로 마을사람들과 친분이 두터웠고, 해가 짧은 겨울에는 하룻밤을 마을에 머물다 떠나기도 했다. 여수댁은 아랫마을 할머니보다 이동 반경이 넓어서 세상 돌아가는 얘기를 제법 흥미 있게 전해주고 갔다. 여수댁도 자녀를 두고 행상을 나온 어머니인지라 더러 내

나이를 묻곤 했고, 자신의 아이들과 비교하는 것 같았다.

추수가 끝난 마을에는 대나무로 바구니, 석작 혹은 소쿠리 같은 생활용품을 만들어주는 대나무 장인이 찾아왔다. 농촌생활에 꼭 필요한 바구니를 지고 오기도 했는데, 대개는 손바닥만한 대칼이 든 봇짐을 지고 다니면서 현장에서 직접 수요에 맞는 제품을 만들어주었다. 대나무를 수요자가 제공했으므로 시장에 가서 사 오는 것보다 저렴했고 부피가 제법 큰 제품들을 시장에까지 가서 사 와야 하는 불편도 덜어주어 마을사람들은 그 장인을 은근히 반겼다.

우리 집으로 찾아온 대나무 장인은 우리가족의 활동에 영향을 끼

대바구니를 만들도록 제공했을 법한 대나무. 2015년 4월. 담양.

치지 않으면서 지나가는 사람들이 작업광경을 볼 수 있는 곳, 그러니까 대문이 마주 보이는 뜰방 아래 마당 한 켠에 자리를 잡았다. 뭉툭한 대칼로 대나무의 푸른 껍질부분을 벗겨내고 안쪽의 인장력이 강한 부분을 추려내 뜨개질하듯 엮었다. 오직 대나무로만 물건을 만들었으므로 접착제와 같은 보조제품이 필요하지 않았다. 대개 사나흘쯤 마을에 머물렀는데 우리 집에 머무는 동안 다른 집들로부터 주문이 들어왔고, 마을 사람들 간의 자연스런 소통에 의해 다음에 이동해서 작업을 할 집과 얼마동안 마을에 머물러야 할지에 대해서도 정했다. 가진 것이 재능이었으므로 머문 집에 대한 고마움의 표시로 조그만 소쿠리 하나를 덤으로 만들어주고 가기도 했다.

어른들과는 달리 아이들은 느티나무 아래로 찾아오는 아이스 바와 엿장수를 기다렸다. 한여름에는 젊은 청년이 땀을 흘려가면서 아이스 바 통을 지고 와서 "아이스께~끼"라고 소리쳤다. 포장지도 없는 아이스 바를 통에 넣고 다녔는데 돈을 주면 김이 나는 통을 열고 대나무 손잡이를 잡아 얼음물이 흘러내리지 않도록 하늘을 쳐다보게 하면서 건넸다. 간혹 엿장수가 가위소리를 내면서 엿을 팔러 오기도 했다. 네모진 엿판을 지게에 지고 왔는데 아이스 바 장수와는 달리 쇠붙이를 원했다. 농촌에서 쇠붙이라는 게 낫, 호미 혹은 삽 같은 농기구를 쓰다가 부서진 것이 대부분이었으므로 평소 눈여겨보았다가 엿장수에게 주기도 했다. 닳거나 찢어진 고무신은 사포로 문지르고 접착제를 발라 때워서 썼으나 때우기 힘든 부분이 망가지면 엿으로 바꿨다. 돈이나 고무신, 그리고 쇠붙이조차 없을 때는 용도가 불분명한 낡은 솥뚜껑을 몇 번이고 쳐다보긴 했는데 엿으로 바꿔 먹어도 되는지에 대한 판단이 잘 서지 않아 입맛만 다시곤 했다.

늘어나는 빈집

고향마을도 어느 때부터 빈집이 늘어갔다. 내가 태어나기 전 부모님은 마을로부터 떨어진 외딴 오두막집에서 살았다고 했다. 마을에 살던 친척이 읍내로 이사를 가면서 새집으로 이사를 왔다. 어머니는 새로 이사 온 집에 대해 '환하고 잘 생긴 집'이라고 뿌듯해했으며 자부심이 강했다. 가진 것 없이 시작했으나 새집에서 9남매를 키웠고, 많은 것을 이루어냈다.

내가 본 첫 번째 빈집은 마을 맨 뒤쪽 저수지 뒤에 있던 산자락의 외딴 초가집이었다. 남편은 병이 들었고, 아내는 허드렛일을 찾아 하루 종일 집을 비웠는데, 어느 날인가는 어린아이들이 놀다가 사고가 나서 한 아이가 죽고 말았다. 남편이 세상을 뜨면서 마을을 떠났다. 그 후 몇 년이 지나자 지붕은 시커멓게 변했고, 마당에는 쑥과 망초가 자랐다. 황토 벽이 무너져 내려 대나무밭이 보이기 시작했고, 마루에 흙먼지가 끼었으며, 기둥은 하얗게 말랐다. 그래서 동네 아이들은 그 빈집에 사람 간을 빼먹는 문둥이가 산다고 했다.

두 번째 빈집은 첫 번째 빈집 바로 아랫집이었는데 논밭을 팔아 서울로 이사했다. 어른들 말씀에 의하면 서울로 가면 밝은 전등불 밑에서 공부도 하고, 농촌에서보다 힘들지 않게 돈을 벌 수 있다고 했던 것 같다. 늘 땅에만 붙어살았던 사람들로서는 무작정 상경하기는 어려웠고, 미리 자리를 잡은 친척의 부름에 힘입었지 않나 생각된다. 그 빈집에는 아랫마을로 시집가 살던 큰딸이 잠시 들어와 살았는데 얼마 안 있어 우리 집 아래 공터에 새집을 지어 이사 오면서 살던 집은 빈집이 되었다.

세 번째 빈집은 부모님이 처음 살았던 외딴집 옆에 있던 집이었는데, 우리 뒷집에 살던 집안 형님이 자녀교육과 더 나은 노동환경을 찾아 인근 도시로 떠나면서 비우게 된 집으로 이사를 오면서 빈집이 되었다. 그래서 마을에서 좀 떨어진 곳에 있었던 외딴집들은 모두 사라졌다. 산림녹화 정책을 펴기 시작하면서 외딴집에서 불씨가 산으로 번지는 것을 막고자 했던 정부시책도 외딴집을 없애는 데 한 몫 한 것 같기도 하다.

네 번째 빈집은 우리 집과 뒷집 중간에 있던 이샌 집이었다. 그 집은 작은아버지가 살다가 가까운 도시의 중학교에서 일할 기회가 생겨 집과 토지를 모두 팔아 이사를 가면서 비게 되었다. 이샌 집은 불이 난 적이 있고 가족 여섯 명이 살기에는 비좁아서 제법 넓은 작은아버지 집으로 이사를 했다. 작은아버지 집은 마을길 하나를 두고 우리 집과 붙어 있었는데 안채와 바깥채를 젊잖게 갖춘 남향집이었고, 큰 단감나무 두 그루가 마당가에 있는 품격 있는 집이었다.

다섯 번째 빈집은 작은아버지가 살던 집이었다. 마을 입구에 사범학교를 나와 초등학교 교사를 하던 집안 형님이 가까운 도시로 전근을 하게 되면서 작은아버지 집에 살던 이샌이 그 형님 집으로 이사를 하면서 작은아버지가 살던 집은 다시 비게 되었다. 그 형님이 살던 집은 펌프가 있어서 샘에서 힘들게 물을 길어올 필요도 없었고, 당산나무에서 가까웠으며, 마당도 넓었고, 마을 경계선에 위치하고 있어 전망도 밝았다. 빈집 마당은 볏집단이나 농기구를 두는 용도로 사용했다. 이샌은 두 개의 빈집과 하나의 거처를 갖게 되었는데, 집과 집 사이에 있던 담을 허물어서 세 개의 집을 사실상 하나의 집으로 만들었다. 그래서 작은아버지 집에 남쪽으로 나 있던 대문을 아예 막아버려 안이 들여다보이지 않게 되면서 눈이 없는 사람처럼 보였다. 탈곡을 할 때를 제외하고는 늘 불이 꺼져 있었고, 마을을 들어서면 바로 보이는 집이었으므로 마을 입구부터 어두웠다. 이후로도 대부분은 자녀들의 교육환경과 취업기회를 감안해서 인근의 도시로 옮기는 바람에 빈집들이 늘어났다.

우리 마을은 산자락에 경사도가 있는 구릉지에 자리하고 있어서 어둑어둑해질 무렵에 마을을 쳐다보면 누구집이 불이 켜져 있고 꺼져있는지를 확인할 수 있었다. 어두워질 때까지 집에 불이 꺼져 있으면 마을 사람들끼리 불이 꺼져 있는 이유에 대해 짐작하고 확인하기도 했다. 멀리 떠나야 할 일이 있을 때는 이웃집에 떠나게 되는 이유와 돌아오지 않는 기간을 미리 얘기해 두고 떠났다. 그러나 빈집이 늘어나면서 마을은 더욱 어두워져갔다.

빈집에 이어 빈방도 늘어났다. 집집마다 10여 명 가까이 자녀들을 낳아서 길렀으므로 한창 북적일 때는 마을 인구는 200여 명 가까이 되었다. 그런데 노인들이 수명을 다하고, 청년들이 도시로 떠나면서 인구도 줄고, 집집마다 빈방도 늘어났다. 정부에서 농어민후계자 육성이라는 정책을 펴기도 했으나 허사였다.

반세기가 지난 지금도 농촌에서 발생하고 있는 빈집은 내가 살던 마을의 현상과 차이가 없는 것 같다. 그런데 이제 도시에서도 빈집이 는다고 하니 놀랄 일이다. 도시와 농촌을 합하여 175만 가구가 비어 있다고 하니 국가 전체 주택 재고의 10퍼센트에 육박하는 집이 비어있다는 뜻이다. 아이들의 웃음소리가 크게 들리고, 사람들이 만나면 다정하게 인사하던 고향마을이 그립다.

절골 옛터는 개발로 인해 사라졌고, 마을을 지키던 당산나무는 인근으로 옮겨졌다.

오일장과 부모님

어머니는 생활필수품이 필요하거나 아이들 학비를 마련해야 할 때에는 곡식을 머리에 이고 닷새마다 열리는 장터로 갔다. 보리나 쌀을 농업협동조합에 판매하는 시기에는 현금에 다소간 여유가 있었지만 평상시에는 적절한 현금 확보를 위해 장날이 언제이며 무엇을 가져다 팔 것인지에 대해 고민하곤 했다. 우리 동네사람들이 주로 이용하는 장터는 순천·광양·옥곡 그리고 하동장이었다. 순천은 도시가 제법 큰 축에 속해서 윗장과 아랫장 두 개로 나뉘어 번갈아 장이 섰다. 출가외인이라는 관습을 지키는 게 미덕이라고 여겼던지 당신의 어머니(외할머니)가 보고 싶을 때에는 외할머니가 사는 옥곡장으로 갔다. 그것도 묵시적으로 아버지의 동의를 얻는 눈치였다. 옥곡장에 다녀온 날은 어쩐지 쓸쓸해 보

시장은 단순히 물건만 사고파는 곳이 아니라 기대를 주는 공간이기도 했다.

였다. 일손이 바빠 순천이나 광양장을 놓친 경우에는 비교적 멀고 사투리가 다른 하동장으로 갔다. 장터에 가기 위한 가장 저렴한 교통수단이 기차였기 때문에 오고 가는 기차시간을 늘 외우고 있었다.

시골사람들은 제사나 명절이 가까워 오면 반드시 장에 가야 했다. 언제 시장에 가는지를 서로 묻는 것이 중요한 대화의 소재였고, 시장에 가기가 어려운 여건이거나 굳이 힘들게 시장에 갈만큼 팔고 살 물건이 많지 않은 경우에는 시장가는 사람 편에 물건을 대신 팔거나 사달라고 부탁하기도 했다. 농촌에서 돈 되는 곡물 가치는 깨, 녹두, 쌀, 콩 순이었다. 어머니는 가져간 곡식이 장터에서 보자기를 열자 말자 팔린 경우에는 수요예측도 잘 했고, 봄여름 가을을 지나 지은 곡식이 제대로 평가받았다는 자부심에 시장에 다녀오자마자 아버지께 자랑을 늘어놓았다. 그런 모습이 소녀 같았다. 계절에 따라 딸기도 돈이 되었는데 제법 상품성이 있는 물건들은 내다 팔았고, 나머지는 가족들이 소비했다.

　장에 가는 가장 큰 이유는 제사에 필요한 물건, 아이들의 옷, 고무신과 같은 생활용품을 사기 위한 것이었다. 치수를 정확히 잴 수 없어 고무신을 사러 갈 때에는 아이들의 신발을 볏짚 한 오라기로 재어서 가지고 갔다. 아이들은 너무 빨리 자라서 옷은 항상 기장이 긴 것을 사왔고, 동네 아이들 대부분은 바지 끝을 두 겹 세 겹 접고 다녔다. 우리들은 섣달 그믐날에는 새 옷을 머리맡에 곱게 접어 두고 잠이 들었으며, 설날에는 일어나자마자 서둘러 새 옷을 입었다. 아이들은 새 옷과 새 신으로 차려 입고 부끄러운 표정으로 마을 광장인 느티나무 아래에 모였다. 소품종 대량생산 시대였으므로 아이들마다 옷의 패턴은 크게 다르지 않았다. 기장이 긴 것을 가지고 서로 부끄러워하지도 않았다. 설날은 여아 남아 할 것 없이 수줍고 어설픈 패션쇼가 동네 어귀에서 열리는 날이었다.

　시장은 물건을 사고파는 경제활동을 하는 곳이기도 했지만 사회활동과 정치활동을 하는 곳이기도 했다. 반가운 사람을 만나게 해주고 인정이 오갔으며 그런 마음이 발전되어 딸과 아들의 혼담으로 이어지기도 했다. 어머니와는 달리 아버지는 아들의 장래에 대해 기대가 컸다. 그래서 옥곡에 사는 누구 아들은 고등고시에 합격해서 삼거리 약국집 딸과 결혼을 했다는 얘기를 부러운 듯 귀담아 들었다가 내게 전해주었다. 정치 계절이 돌아오면 검정 상의에 하얀 와이셔츠 깃을 드러나게 입고 머리에 동백기름을 바른 정치인들이 장터 중심에서 자신이 지역발전의 기수가 될 유일한 메시아라고 목청을 높였다. 장터는 사람들의 여론이 모이는 공론장(public sphere)이기도 했다.

예닐곱 살 때엔 지루한 산골을 벗어나고픈 마음에 장터에 한 번 가보는 게 소원이었다. 그 소원을 이루기 위해 장이 열리기 며칠 전부터 집안 일을 적극적으로 돕거나 선택권이 있는 어머니에게 착하게 굴었다. 더러 마을 친구들 중에는 나보다 먼저 시장구경을 하고 온 아이들도 있었는데 못 보던 물건이나 과자를 사가지고 와서 자랑을 하거나 시장에서 보았던 일들을 약간 과장해서 늘어놓기도 했다. 우리 동네에 같이 살던 내 친구 하나는 어머니를 따라 순천장에 갔다가 어머니 손을 놓쳤는데 영리하게도 기찻길을 따라 밤새 걸어 집으로 돌아오기도 했다. 시장에 가기 위해서는 한 시간을 걸어서 역에 도착하고 고작 기차를 타는 시간은 30분이었다. 차표를 살 때에는 초등학생이 아닌 경우에는 할인을 해주었다. 나는 제법 키가 큰 편이어서 어머니는 초등학교에 다니지 않는다는 것을 증명하려고 애썼던 기억이 난다. 열차를 타고 나면 나는 더 이상 시골뜨기가 아닌 도시민의 자녀 같았다. 그리고 부유한 여인네의 벨벳 양장천 같은 열차 의자의 부드러운 질감은 기차 탑승으로 신분이 상승된 듯 느끼게 했다.

그 기차를 타고 가서 나는 순천에서 고등학교를 다녔다. 고등학교

3학년이 되던 어느 날 아버지는 옥곡장으로 나를 데리고 갔다. 교복을 입고 시장을 간다는 것이 어쩐지 부끄러웠다. 그렇지만 장터는 늘 기대를 주었다. 아버지는 내가 한 번도 가보지 못했고 금기시 되었던 선술집으로 나를 이끌었다. 아주 익숙한 말투로 불고기를 주문하였고 식당 주인은 연탄불 위에 무쇠 솥뚜껑을 뒤집어 쇠고기를 얹어서 볶기 시작했다. 선홍색 고기는 금세 짙은 갈색으로 바뀌었고 침이 저절로 나올 정도로 향기로운 냄새가 났다. 부잣집 큰 잔치가 아닌 때에 불고기를 먹어보다니, 대단한 호사였다. 근검절약하기로 소문났던 아버지가 이렇게 값비싼 불고기를 대범하게 사준다는 게 믿기지 않았다. 어쩌다 장터에 나와서 대포라도 한 잔 하다가 객지에 나가 공부하는 아들에게 불고기를 먹여야겠다는 생각을 했던 모양이었다. 아버지는 연신 막걸리로 배를 채웠고 도무지 불고기에 젓가락을 대지 않았다. 아들을 더 많이 먹게 하려는 것이었다. 그 후로 우리나라의 경제 여건도 좋아졌고, 축산업도 활성화 된데다 쇠고기 시장이 개방되면서 쇠고기를 먹는다는 것이 예전만큼 어렵지 않게 되었지만 쇠고기를 대할 때면 그때 일이 생각나곤 한다.

그런 날들은 가고 어머니는 병을 얻었다. 아버지는 어머니를 간호하며 혼자 식사를 해야 했다. 객지에서 직장생활을 하던 나는 간혹 어머니 병문안을 갈 때는 옛 일을 생각하며 아버지를 시장통으로 모시고 가서 당신이 좋아하던 막걸리와 당신이 내게 사주셨던 것 같은 쇠고기를 사드렸다. 늘 혼자 식사를 해서 그런지 나랑 같이 식사를 할 때에는 많이 드셨고 '니 덕분에 참 잘 먹었다'고 인사까지 했다. 결국 어머니는 음력 오월 스무 하룻날에 세상을 떴고, 아버지는 이듬해 칠월 초사흗날에 어머니 곁으로 떠났다. 나는 지금 아버지가 나를 이끌었던 옥곡장의 선술집과 내가 아버지를 모시고 갔던 순천장의 식당을 찾을 수 없지만 아버지와 함께 했던 식사는 잊을 수 없다.

어머니의 까만 비닐봉지

순천에서 고등학교를 다니던 때였다. 부모님이 계시는 광양에서 순천 가는 길은 비포장 도로였다. 버스가 덜컹대고 날씨가 더워서 들고 가던 김치 단지에서 국물이 흘러 나왔고 버스 안은 김치 냄새로 가득했다. 그런데 같이 탄 학생들은 그 냄새의 역학을 알았을 법한데 도시 티를 내느라고 코를 막고 고개를 돌렸다. 게다가 나도 사춘기여서 김치를 들고 다니는 것이 폼도 나지 않고 포장방식도 마뜩치 않았다. 어느 날 '김치가 샜다'고 어머니에게 불만을 드러낸 적이 있었는데 나의 투정에 형들의 비난은 컸고, 나 또한 형들이 매우 못마땅했다.

그런 불평이 마음에 걸렸던지 자취를 하던 고등학교 3학년 때, 어머니는 재래시장이 열리는 날에 맞춰 농산품을 손수 이고 와서 찬장 안을 정리하고, 밥도 지어 놓고 바쁜 걸음으로 돌아가곤 했다. 나는 애호박에 갈치를 넣고 고춧가루를 뿌려서 졸인 국물을 특히 좋아했는데, 어머니는 우렁각시처럼 그렇게 해놓고 갔다. 야간자율학습을 끝내고 늦은 밤에 집에 돌아왔을 때까지 어머니의 온기는 남아 있었다.

어른이 되어 객지에 나와 살다 고향집에 가면 어머니는 우리가 떠날 시간을 물어본 다음 미리 사과상자, 보자기 그리고 비닐봉지에 이런저런 농산물을 싸기에 바빴다. 잡고 싶다고 잡아지는 것도 아닌 자식들이었고, 먼 길을 가야할 것을 알았으므로 단단히 힘을 주어 끈으로 묶었다. 당신만이 아는 농산물 저장 위치를 찾아 구부러진 허리로 이곳저곳 부산하게 움직였다. 자녀들이 많은데다 포장수단의 용도를 나름대로 규정했던 어머니는 길을 가다가도 버려진 과일상자나 비닐봉지를 허투루 보지 않았다. 넝마주이처럼 집안 곳곳은 구깃거리는 검은 봉지가 더 큰 봉지 안에 가득 들어 있기도 했다. 도시에 살면서 우리에겐 흔한 종이상자들이 어머니에게는 부족했던 것이다. 어머니는 언젠가 자녀들을 위해 챙겨줄 농산물과 포장수단들을 집안 곳곳에 남겨 둔 채 아버지의 부축을 받고 집을 나섰는데 다시는 그 집으로 돌아오지 못했다.

어머니의 포장수단인 과일상자, 보자기와 비닐봉지는 크고 작은 규격이었다. 아들들과 딸네들의 식성과 가족단위의 필요를 삶의 경험을 통해 알고 있었던 탓에 용도와 규격별로 농산물을 담아 차질 없이 배분했다. 그러니 밭두렁에 심어둔 복숭아를 수확할 때나 산에 심어둔 밤을 수

확할 때, 자식들이 배냇짓을 할 때부터 공유했던 감각으로 자식들이 좋아하는 농산품이나 과일의 종류와 생산시기를 감안하여 갖가지 포장수단에 담았던 것이다. 자식들에 대한 사랑이 불평등하게 여겨질까봐 가급적 크기를 맞추려고 애를 쓴 흔적도 보였다. 그러니까 농산품을 담는 소재와 크기는 어머니의 휴먼 스케일이 기묘하게 담겨 있었다.

나는 지금도 과일상자, 보자기 그리고 비닐봉지를 보면 버리기가 망설여진다. 세월이 꽤 지났는데도 아직도 어머니가 필요로 할 것 같은 착각에 빠지곤 하기 때문이다. 어쩌다 투박한 상자나 보자기를 들고 서울역이나 버스터미널에 내리는 경우에도 이젠 자연스럽고, 청소년 때처럼 부끄러워하지 않게 되었다.

언젠가 부산에서 근무할 때에 상주에서 곶감을 주문해 지인들에게 선물을 한 적이 있었다. '여러분의 어머니 같은 분들이 굽은 손으로 따서 말린 곶감인데 값은 비싸지 않지만 애정이 담긴 것이니 맛있게 드시고 명절 잘 보내시길 바란다'라는 편지도 넣었다. 농산품에는 포장지 이상의 본질적인 가치가 담겨있다고 생각한다.

일 년 의 반 은 벼 농 사

농촌에서는 해마다 벼농사 일정이 가장 중요했다. 보리농사는 늦가을에 씨를 뿌리고 겨울에 보리밭을 밟아주는 것 외에 타작을 하는 5월까지 바쁜 일손을 필요로 하지 않았다. 그러나 벼농사는 보리를 베고 난 5월부터 10월 말까지 일 년의 절반을 쉼 없이 돌봐야 했고, 상대적으로 곡식의 부가가치도 높았다. 그래서 벼농사가 일 년 동안 농촌생활의 중심이 되었고, 벼를 수매하는 시기에 맞춰 중요한 금전거래나 토지거래가 이루어지기도 했다.

벼농사는 모판에 미리 볍씨를 뿌려 일정수준 자란 다음 무논으로 옮겨 심는 이앙법(移秧法)을 썼다. 논이 없는 사람들은 밭에 산두라는 벼를 직파해서 양식에 보태기도 했다. 찹쌀의 원료인 찰벼는 찬 물이 나는 산 중턱에 있는 논이나 모판의 귀퉁이에 일반벼와 섞이지 않도록 구분하여 심었다.

보리를 베어낸 논에 모내기를 하기 위해서는 거름 넣기, 쟁기질, 물대기, 써레질 등의 작업과정을 거쳐 모를 심기에 적합한 물의 양과 흙의 부드러움을 유지하도록 했다. 쟁기질과 써레질은 소가 필요했는데, 소가 없는 집은 쟁기질을 하기 위해 소를 빌렸고 하루 종일 빌리면 하루치의 일을 도와주었다.

모내기는 손이 많이 가는 일이어서 마을사람들이 서로 도움을 주고 받았다. 논일은 주로 남자들의 몫이었지만 모내기는 여자들의 역할이 컸다. 그래서 모판이 정리되는 날짜를 감안하여 여자들이 품앗이로 집집마다 작업 순서를 정했다. 논이 많지 않은 집은 자신의 논에 모내기를 끝내고 다른 집 모내기를 돕고, 그 대가를 받았다. 대개 여자들 하루 일을 남자들 반나절 일로 쳐주었다.

물이 제법 따뜻해질 무렵에 모내기가 시작되었으므로 모판에서 부화한 개구리들이 논으로 나와 여기 저기 뛰어다니기 시작했고, 개구리를 먹고 사는 밝은 회색 물뱀도 논을 휘젓고 다녔다. 아낙네들이 놀라지 않도록 성격이 밝았던 셋째 형은 물뱀의 꼬리를 잡아 멀리 던지곤 했다. 줄을 맞춰 벼를 심어야 했으므로 줄을 잡은 두 명의 어린이가 한쪽에서 "어~이"하면, 다른 쪽에서 "자~"하고 박자를 맞췄다.

모내기를 끝낸 집은 때에 맞춰 땅에 대한 가장 큰 의무를 다했다는 안도감에 편안해했다. 모내기가 끝난 다음은 물을 조절하는 일에 전념했으므로 물꼬를 트고 닫는 일이 주된 일로서, 벼 이삭이 패기 시작할 때 즈음까지 반복되었다. 어린 개구리는 모와 함께 자라면서 울음도 점차 우렁차졌다. 산골마을이라 계단식 논이었으므로 시냇물을 끌어들이기 위해 적절한 위치에 보를 만들고, 대나무 통, 함석 깔대기, 나무통 등을 이용해서 논으로 물이 흘러들어가도록 했다. 물 높이가 논에 비해 낮을 경우에는 시내에서 물을 퍼 올리기도 했다.

1968년에는 가뭄이 아주 심했었다. 저수지와 시냇물까지 말라버려 논은 갈라지고 냇가에 있던 민물장어까지 마른 모래 위에서 발버둥을 쳤다. 이듬해부터 정부시책에 따라 논 가운데 관정을 파기도 했다. 그러나 그 후로는 심한 가뭄이 들지 않아 유용하게 쓰이지 못한 채 농지 면적만 잡아먹고, 고인 물을 사용하지 않아 애물단지가 된 적도 있었다.

모내기가 끝나고 나면 물 조절, 피 뽑기, 비료와 농약을 뿌리기로 한여름을 보냈다. 벼멸구와 잎 도열병과도 싸워야 했다. 여름 내내 밀짚모자를 쓴 농부들이 들판에서 농약을 치거나 피를 뽑는 일을 하였으며, 피가 많은 논주인은 자연스럽게 게으른 사람으로 분류되었다.

벼가 익어갈 무렵에는 대개 태풍이 찾아왔다. 봄부터 가꾼 벼가 바람으로 쓰러진 것을 보는 농부의 시름은 깊었으나 다시 일으켰다. 더위와 바람을 이긴 벼는 가을 햇볕을 받아 노랗게 변했다. 황금들판에 몸이 커진 개구리의 움직임은 느려졌고 풍성한 먹이로 가득 찬 들판에 메뚜

기와 참새가 찾아왔다. 허수아비의 도움이 필요했고, 농사일을 돕기 어려운 노인들도 참새를 쫓는데 힘을 보탰다. 풍요로운 들판은 농부에게는 가장 큰 꿈인 자녀들의 교육에 대한 희망을 담고 있었다.

벼 베기는 모내기보다는 적은 인력을 필요로 했다. 주로 가족단위로 했으며, 논마다 일조량이 조금씩 달라서 벼베는 시기도 달랐다. 들쥐가 마른 논 위에 새끼를 낳아 놓기도 했다. 벼를 베고 난 뒤 물이 흐르던 언덕 밑을 파서 미꾸라지를 잡아가면 어머니는 재로 껍질을 벗긴 다음 삶아서 절구에 찧어서 추어탕을 만들어주었고, 온 가족이 가을걷이를 위한 힘을 비축하는데 도움이 되었다. 쌀이 부족할 때였으므로 벼가 여물기 전인 추석 즈음에는 미리 베어 삶아 만든 누런 올개쌀(오레쌀)을 호주머니에 넣고 다니며 먹기도 했다.

쌀 부족 문제를 해결한다고 도입한 통일벼는 이전의 농림 6호에 비해 마지기 당 소출이 3, 4배나 많았다. 통일벼는 자랄 때는 튼튼해 보였으나 수확기에는 밑둥이 견실하지 않아 벼베기가 쉽지 않았다. 게다가 알곡이 잘 떨어져 베고, 말리고, 운반하는데 신경을 많이 써야 했다.

베고 난 벼는 말렸다가 볏단으로 묶어서 집으로 운반했다. 비가 오는 경우에는 볏단을 모은 다음 지붕을 씌워서 축축해지거나 썩지 않도록 했다. 이전에는 홀태를 사용해서 끌어당기는 힘으로 탈곡을 했으나 기계가 발달하면서 발로 밟아서 회전력을 이용하는 탈곡기가 나왔고, 이어 동력을 이용한 탈곡기도 나왔다. 탈곡은 볏짚단을 탈곡기까지 운반, 탈곡, 탈곡된 곡식을 가마니에 넣기, 가마니를 한 곳으로 운반하기 등으로 분업화되어 있었다. 어린아이들은 볏짚단을 옮기는 일을 주로 맡았다. 중학생쯤 되면 탈곡에 필요한 적정량의 벼를 전달해주는 역할을 했다. 어느 날 어머니는 탈곡기에 손이 딸려들어가 다쳤는데 일이 바빠 병원에 가지도 못하고 평생 구부러진 손가락으로 살았다.

타작한 벼는 덕석(멍석)에 말린 다음 저울로 달아 가마니에 일정량씩 넣어서 수매 준비를 했다. 비교적 좁은 농로에도 다닐 수 있었던 세발 트럭이 나와 실어 나르기 전에는 하루 내내 십 리 길을 걸어 벼 가마니를 져 날랐다. 어른들의 힘에 따라 한 가마니 혹은 두 가마니까지 지고 다

넜는데 아침에 시작해서 늦은 저녁에야 운반이 끝났다.

벼농사는 마을공동체를 넘어 지역공동체 나아가 국가공동체의 연중행사였다. 농번기에는 학생들도 모내기와 벼베기에 동원되었고, 군인들마저 마을로 내려왔다. 고등학생들까지 일손 돕기에 줄지어 나섰으므로 중간고사 기간은 농번기를 피해서 치러졌다. 어른들은 농사일에 바쁜데 공부를 하고 있다는 것에 대해 농부의 자녀들은 미안해했다. 어렵게 생산된 것이고, 모두가 참여해서 만들어진 것이었으므로 쌀 한 톨도 귀하게 여겨졌으며, 숟가락도 겸손하게 다가가야 했다. 벼농사는 노동이기 이전에 농부들이 꿈을 실현해가는 일이었다.

귀한 논밭, 더 귀한 자식농사

우리 마을사람들은 농작물과 김 그리고 가축을 키워 파는 것 외에는 달리 재산을 모을 방법이 없었다. 그러니까 게으르지 않고 부지런해야 농지와 임야를 샀고, 자녀들도 도시에 있는 학교로 보내 장래를 꿈꾸게 할 수 있었다. 부모님이 가정을 일구기 시작한 시기에는 소유한 토지가 거의 없었다. 오직 두 분의 부지런함으로 재산이 불어났고, 자녀들이 학업을 마칠 수 있었다. 교육에 대한 부모님의 열의는 대단했는데 어머니는 '입던 옷이라도 팔아서 교육을 시키겠다'는 다짐을 보였고, 아버지는 '배우지 못한 것이 한이다'라고 말하곤 했다. 또 마을사람들에게는 자녀들을 도시에서 교육시키는 것이 자랑스러운 일이었고, 선의의 경쟁이 되기도 했으며, 농부들의 고통을 이겨내는 에너지원이 되기도 했다.

토지의 가치는 논, 밭 그리고 임야 순이었다. 논은 물을 댈 수 있는 저수지 아래 혹은 시냇가 근처에 있는 것이 값이 제일 많이 나갔다. 가물 때에는 이웃 논과의 물 다툼이 있었으므로 물을 나눠 쓸 수 있는 곳이 그래도 가치가 있었다. 생산된 농작물이나 소에게 먹이기 위해 논두렁에서 베어낸 풀은 지게로 논둑을 이용해서 날랐지만 농로가 개설되면서부터는 농로 근처에 있는 논도 값을 계산하는데 있어 중요한 고려 요소가 되었다.

논에 비해 밭은 더 다양한 곡식을 생산했지만 논의 반값도 쳐주지 않았다. 대부분 밭은 산을 개간해서 만든 것이었다. 밭에는 깨, 콩, 녹두와 같은 곡식과, 딸기, 고추, 고구마, 감자와 같은 채소, 그리고 자두, 복숭아와 같은 과일을 주로 재배했는데, 대부분은 어머니가 오일장에 가서 팔아 당장 급한 용도로 썼다. 복숭아는 아랫마을 사람들이 보리와 생선을 가지고 와 바꿔가기도 했다. 간혹 밭에서 밀농사도 지었는데 가공도 번거로웠고, 밀가루를 사다 먹는 것이 더 경제적이었던지 재배를 멈췄다. 일터가 명확히 구분되지는 않았지만 아버지는 논에서 밀짚모자를 쓰고 일했고, 어머니는 밭에서 수건으로 햇볕을 가리며 일했다. 대부분의 밭은 산과 붙어 있었으므로 나는 산에서 밤을 따거나 소를 먹이면서 밭에서 일하는 어머니를 돕기도 했다.

큰 산은 종갓집 소유였다. 산에서는 땔감을 줍기도 했으나 묘지가 있다는 이유로 큰 아들에게 상속했던 것 같다. 우리 마을 산은 아랫마을로 이사를 가버린 종갓집 소유였는데, 산을 관리하는데 따른 불편 때문이었는지 아버지께 산을 살 것을 권유했고, 밭에 붙어 있거나 집에서 가까운 산 몇 조각을 우선 사들였다. 논과 밭에 이어 산을 사들이면서 농부의 재산으로는 부족함이 없는 균형적 포트폴리오를 이룬 것 같았다.

산을 사게 되면서부터 우리 소유의 산에서 자유롭게 땔감을 주워왔고, 그 산을 지날 때면 친구들에게 '여기 우리 산'이라고 은근히 자랑도 했고 스스로 자부심이 생겼다. 소유에서 오는 자유가 있다는 것도 느꼈다.

아버지는 재산을 불릴 때 대부분 농협과의 금융거래를 통해 도움을 받았던 것 같다. 마을단위의 중개업소가 있었던 것이 아니었고 서로의 사정을 잘 알고 있었으므로 매수할 때에는 주인에게 판매 의사를 물었고, 매도할 때에는 토지를 살 수 있을 법한 경제력이 있는 사람들에게 살 것인지를 물었다. 혹은 팔고자 하는 사람은 마을 이장이나 마을의 여론조성을 하는 리더십 있는 사람에게 매매 알선을 요청하기도 했다. 아버지는 노동의 대가로 일정 금액의 돈이 모이면, 가진 돈을 선 지급하고 나머지는 가을에 거두어들일 곡식을 담보로 농협에서 대출을 받아 거래를 완결했다. 보리와 쌀을 판매하고 돌아올 때, 아버지는 '농약 값, 비료 값에 빚 갚고 나니 일 년 농사 남는 게 없다'고 했다. 그래도 토지가 늘어나면서 곡식의 소출이 늘어났고, 곡식의 담보가치 또한 증가해서 재산은 점차 불어났다.

돈을 벌면 쓸 곳이 생기듯이, 그렇게 모은 재산도 어머니의 병환이 생기면서 몇 마지기는 팔아서 병원비로 썼다. 논을 팔려고 논 문서(등기부등본)를 들고 나가는 아버지의 뒷모습은 무겁고 처량했다. 문득 가족들의 생계를 위해 젊은 날 일본으로, 만주로까지 떠났던 아버지의 모습이 스쳐갔다. 그러나 아버지는 어머니를 위해 기꺼이 논을 팔았다. 나는 어머니가 심한 노동과 유달리 많은 자녀양육 과정에 병을 얻었다고 믿었다. 어머니는 순천의 병원 여러 곳을 다닌 것 같았고, 아버지는 저녁에 병원으로부터 돌아오면 어머니의 병환을 궁금해하는 아들들에게 다녔던 병원에 대해 얘기해 주곤 했다. 나는 아버지가 논을 판 돈을 가지고 병원으로 향할 때는 병원이 욕심 많은 괴물처럼 여겨졌다. 어머니의 병환으로 재산은 줄어들었지만, 병원생활을 마치고 돌아온 어머니는 이전처럼 다시 들로 나갔다.

언젠가는 농협이 새로운 금융상품을 출시했다. 곡식의 일부를 농협공제라는 이름으로 매년 저축을 해서 자녀들의 대학등록금을 마련할 수 있도록 했다. 중학생인 나는 어느 날 아버지가 '너 대학등록금을 마련하기 위해 농협공제를 들었다'고 했을 때 무척 기뻤고 그 후로부터 학습 의욕도 불탔다. 학교 다니는 친구들끼리 주고받는 얘기로는 '서울에서 대학을 다니려면 한 학기에 소 한 마리, 일 년에 논 한 마지기'와 같은 평가기준을 가지고 있었던 터라 농협이 그 귀한 소와 논을 대신할 수 있는 상품을 내놓았다는 것에 대해서 무척 고맙게 생각했다. 등하교 길에

복주머니 모양의 금빛 뱃지를 단 농협직원들을 보면 고개 숙여 인사를 하곤 했다. 그러나 그로부터 6, 7년이 지나 대학을 진학했는데 등록금의 절반도 되지 않은 공제금을 받았다. 인플레이션이 무척 심한 탓도 있었고, 등록금이 비싼 탓도 있고, 금융설계를 잘못한 농협 잘못도 있었던 것 같다. 그러나 대학 진학에 대한 꿈을 심어준 역할은 컸다. 논이 잘 팔리지 않던 때라 아버지는 가진 논 중에서 물대기도 좋고, 농로에 연접한 제법 넓은 한마지기를 팔아 등록금을 충당했다. 논은 농부에게 최고의 재산이었음에도 불구하고 아버지는 뿌듯해했다.

농부에게 자부심과 희망을 주던 가르마 같은 논둑길. 2016년 7월. 시흥.

제2부

꿈을 담은
도시
이야기

매화의 소리길, 섬진강

꿈이로다. 꿈이로다. 모두가 꿈이로다

너도 나도 꿈속이요. 이것 저것이 꿈이로다

꿈 깨기도 꿈이요. 깨운 꿈도 꿈이로다

꿈에 나서 꿈에 살고 꿈에 죽어가는 인생 부질없다

영화 '천년학'에서 눈 먼 송화가 세상을 하직하려는 백사노인의 곁에서 불렀던 '홍타령'의 한 소절이다. 영화에서는 송화가 이곳저곳을 떠돌다가 잠시 머문 전라남도 광양에서 1973년에 있었던 일이라고 설정하고 있다. 카메라 앵글은 섬진강을 내려다보고 있고, 송화가 그 노래를 부를 때에 하얀 매화꽃은 나비처럼, 명주처럼 바람에 나풀거리며 하늘로

하얀 매화. 2010년 3월. 광양 다압.

혹은 그들이 이 세상에서 마지막 시간을 함께 하고 있는 들창에 부딪친
다. 카메라의 명도(明度)가 높아지면서 장면은 이 세상인지 저 세상인지
가 구분이 가지 않도록 연출된다. 송화의 노랫소리를 들으면서 백사는 눈
을 감는다. 그는 그렇게 가는 길을 '소리길'이라 말한다.

　　사실 송화는 실존 인물은 아니었을 것이다. 그러나 많은 사람들이
송화처럼 머물다 간 곳을 고향 삼아 살았고 그 사람들을 대표화한 캐
릭터가 송화였을지 모른다. 그렇게 서민들의 대중가요였던 판소리는 산
조(散調)가 되었고, 우리 마을 사람들도 판소리의 단가 한 대목은 어설
프게라도 부를 줄 알았다. 판소리는 일시적 감정의 노랫말이 아니라 삶

을 노래하는 통시성(通時性)을 담고 있었다.

 이 산 저 산 꽃이 피니 분명코 봄이로구나

봄은 찾아 왔건마는 세상사 쓸쓸허드라

나도 어제 청춘일러니 오날 백발 한심허구나

내 청춘도 날 버리고 속절없이 가버렸으니

왔다 갈 줄 아는 봄을 반겨헌들 쓸데 있나

- '사철가' 중 한 대목

    문화권은 강, 산, 섬 그리고 분지를 기준으로 나누어진다고 한다. 특히 강은 사투리를 다르게 하고, 음악의 색깔도 구분 짓게 한다. 섬진강 서쪽의 정서에 맞게 발달한 서편제는 단조풍의 음색을 특징으로 한다. 이 같은 판소리를 본 딴 대금산조 중의 계면조(界面調)는 깊고 빠른 농음(弄音, vibration), 급격한 꺾음 그리고 소리와 소리 간의 여백으로 인해 애절한 감정을 극대화한다. 섬진강 서쪽에 살았던 사람들은 먹는 음식도 달랐고, 사투리도 달랐으며, 소리를 듣는 귀 또한 달랐다. 지금은 가설극장과 장터를 오가던 소리꾼은 사라졌고, 시대적 추세에 맞춰 봄 축제마다 출력 좋은 앰프에 힘입어 트로트가 울려 퍼지고 있다.

    사실 영화에서 보여지는 것과는 달리 1973년에는 섬진강 주변에 매화가 많지 않았다. 대신 밤 산지로 더 유명했다. 밤나무는 필요한 나무

이긴 하나 가시가 위협적이고, 벌레가 많고, 몇 해 지나고 나면 소출량이 줄어들어 생산성이 떨어졌다. 그런 밤나무를 베어내고 효용성이 높은 매화를 심은 일은 잘한 일이다. 게다가 가장 먼저 피는 봄꽃으로서 매화는 서울사람들까지 불러들이는 관광 효과를 가지게 되었으니 더욱 좋은 일이다.

풍경과 문화측면에서 보면, 섬진강의 봄은 독일 마인강의 가을 같다. 마인강가에는 섬진강의 매화 같은 포도나무가 있다. 포도나무는 열매로 포도주를 담그는 것 못지않게 경관 가치를 가지고 있다. 찬 서리가 내리는 때에도 일부는 수확을 했지만, 색다른 포도주를 담그기 위해 서리를 맞히는 경우가 있다. 이즈음 포도주보다 포도나무 잎이 관광자원이다. 강가에 있는 포도나무 잎들은 늦가을 안개에 덮여서 때로는 보였다 안보였다 하면서 아름다움을 준다. 그들은 여기에 축제를 더했다.

자신들의 자원을 얼마나 소중하게 여기느냐에 따라 문화의 가치는 더해지기도 하고 덜해지기도 하는 것 같다. 마인강가를 따라가다 보면 로렐라이 언덕이 있다. 독일인들은 로렐라이 언덕의 인어공주 전설만으로도 관광객을 불러 모으고 있다. 우리에게 있어 '천년학' 또한 강과 음악과 우리네 삶이 담겨 있으므로 문화적 잠재력은 충분하다고 생각한다. 섬진강의 문화적 가치를 재발견하는 일이 남아 있다.

때마침 정부가 이 지역에 문화예술지대를 조성할 계획을 가지고 있다고 하니 고무적이다. 지역 테마인 벚꽃, 매화, 녹차, 토지, 재첩 등을 테마로 하는 길을 조성한다고 한다. 광양, 구례, 하동이 지리산과 섬진강이라는 공통분모를 토대로 힘을 합하면 시너지효과가 높아질 것이다. 하동역과 구례구역은 지역관광안내소로 복합 용도화 하고 지리산, 쌍계사 그리고 인근에서 열리는 오일장을 묶어 관광 자원으로 활용할 수도 있겠다. 축제기간에는 특별장터를 열고 국악한마당도 열어 다듬이할머니 연주단도 찾아오면 좋을 것 같다. 그러면 섬진강의 서편제 소리길이 동서를 잇는 화합길, 전통과 예술이 있는 문화길이 되어 많은 사람들이 걷게 될 것이다.

✂ 이왕이면 문화적 가치를 지키려는 노력들이 지역주민의 자발적 노력과 참여하에 이루어지면 좋겠다. 공무원은 공급자 시각에서 보는 경향이 있어 환경변화에 둔감하기 쉽다. 자리이동도 많다 보니 책임 있는 운영도 쉽지 않다. 지자체의 공무원은 주민들을 도와준다는 생각으로 일하면 좋겠다. 지역발전을 위해서는 공무원들이 오히려 인접 지자체와 협력할 일을 찾아내는 것이 더 중요해 보인다. 지역사회 성원들의 바람과 지키고자 하는 문화에 중심을 두면 정책을 보는 시각도 달라질 수 있을 것이다.

- 광양신문, 2011년 3월.

우산이 만드는 거리 풍경

공산품이 부족했던 농촌에서는 폴리에틸렌 비료 포대의 쓰임새가 꽤 많았다. 아랫마을에 살았던 우산장수 아저씨는 손재주가 좋아서 손쉽게 구할 수 있던 비료 포대와 대나무로 멋진 우산을 만들어 마을마다 다니면서 팔곤 했다. 재료를 제공한 이에게는 값을 깎아 주었고, 우산의 대가로 돈이나 곡식을 받아 갔다. 장마가 오기 전에 대부분의 거래가 이루어져야 했다. 주문을 하고 나면 사나흘 안에 배달되었고, 사람들은 흐뭇하고 조심스러운 표정으로 오므렸다 폈다 하면서 주문했던 물건의 품질을 확인했다. 아저씨는 자신이 만든 물건을 자랑스러운 표정으로 지켜보았다. 폴리에틸렌 우산은 부피가 컸고 바람 부는 날에는 펴기도 힘들었지만 비를 가리기엔 충분했다. 대나무 손잡이의 투박한 모습에다 우산의 갓에 여전히 남아 있었던 '요소비료'라는 글자가 여지없이 농부에게 어울리는 모드(mode)였다. 덥고 습기 찬 여름을 난 우산은 대나무살이 쉽게 부러졌고, 질긴 폴리에틸렌만 남아 구석에 처박혀 있었다. 그런 고장 난 우산도 아저씨는 곧잘 새것처럼 고쳤다.

가내수공업으로 만든 우산도 돈이 들어가는 물건이라 흔치 않았다. 여름비는 미리 온다는 연락도 없이 와서 나는 학교를 파하고 돌아오는 오후에는 영락없이 비를 만나곤 했다. 병아리 같은 아이들이 비에 젖어 오는 것이 안타까워도 일손이 바쁜 어머니들은 마중을 나오기 어려웠다. 아이들은 책보자기를 옷 속에 감추고 십리 길을 뛰고 또 뛰었다. 익살스럽게 토란 잎을 따서 우산 대용으로 쓰는 아이들도 있었다. 잎이 듬성듬성한 아까시나무도 잠시 비를 피하기에는 무방했다. 그렇게 집에 돌아오면 비는 이내 그쳤다. 책은 온통 젖어 있었으므로 온기가 있는 방안의 아랫목에 널어 말려야 했다. 같은 반 아이들의 책들도 대부분 비를 맞아 얼룩져 있었다. 그러나 다들 부끄러워하지 않았다. 비는 모두에게 평등했기 때문이다.

사춘기를 지나면서 사람들에게 우산은 사랑의 기회를 주는 공간으로서 작용하기도 했다. '가장 큰 권위를 가지고, 가장 좋은 기회를 준다.'는 비(한용운의 '비')가 오는 날에는 우산 밑으로 파고들어 서투른 구애를 하기도 했다. 그렇게 형성된 사랑도 이별의 쓸쓸함을 주기도 했을 것이므로 우산을 소재로 한 대중가요가 더러 인기를 얻기도 했다.

유신혜@2020

이제는 우산이 아주 흔해졌다. 결혼식, 개업식 등 각종 행사에서 행사이름, 제공자와 날짜가 손잡이에 새겨진 우산을 주고받는다. 관공서에는 손님들을 위해 우산을 비치하기도 한다. 낯선 사람에게 대가없이 우산을 건네줄 만큼 여유가 생긴 것이다. 더구나 백화점 화장품 코너 옆에는 색색 우산들이 즐비하다. 우산과 양산, 어린이용과 어른용, 여성용과 남성용으로 다양하다. 바람에 더 잘 견디는 우산도 고안되었다. 핸드백 안에 들어갈 정도의 작은 우산도 여성들에게는 인기다. 본인의 의상, 계절, 날씨, 상대편의 기호 등을 감안해서 우산을 골라 외출하는 것도 사치로 여겨지지 않는다. 자외선을 차단하는 소재를 써서 기능을 더하기도 하고 고급화된 브랜드로 명품족의 마음을 끌기도 한다. 르누와르(Renoir) 같은 화가의 그림을 담은 우산도 등장하고 모자처럼 쓰고 다닐 수 있도록 한 기묘한 아이디어로 우산의 모습은 바뀌어가고 있다. 이 모두 우산에 대한 수요자나 공급자의 수준이 한 단계 높아졌다는 것을 보여주고 있다.

우리나라 도시의 비 오는 거리도 우산을 매개로 더욱 밝아졌으면 좋겠다. 고층건물이 많은 도시에서는 수직으로 내려다보는 거리모습이 지금보다 더 밝으면 보기도 좋고 일터에서의 생산성도 높아질 것 같다. 우산이 만드는 거리풍경이 도시공간의 일상을 아름답게 할 것이다.

- 월간사진예술, 2011년 7월호.

담장의 미학

함께 어울려 살아가는 것이 존중되던 사회에서는 담장은 높지 않고 그다지 견고하지도 않았다. 이웃에게 피해를 주지는 않되 서로 간의 소통에 지장을 주지 않을 만큼의 높이와 형태를 취했다. 담장이 대지의 경계선 구실은 했어도 엄격히 소유권의 경계를 의미하지 않았다. 그렇게 허술한 담장이긴 했어도 함부로 담을 넘는 것은 금기시 되었다. 특히 아기가 태어났을 때처럼 액을 막기 위한 경계를 명확히 해야 할 때에는 모든 이가 그 금줄을 신성시했다. 그러나 평상시에 이러한 담장을 두고 마주하며 살아가던 사람들에게는 '너와 나'보다 '우리'가 더 중요한 가치였다. 그래서 어른 아이 할 것 없이 '나의 동네'라고 부르지 않고 '우리 동네'라고 불렀다.

고향마을의 담장은 주로 돌담과 토담이 많았다. 돌담은 내구성이 강했으나 돌을 찾아서 운반해 쌓는다는 것이 쉬운 일이 아니었다. 아이들이 돌담 위에서 놀다가 다치는 경우도 있어 어른들의 걱정거리를 더하기도 했다. 비가 오면 돌담은 색깔이 어두워졌다. 그래서인지 농촌에서는 재료를 구하기 쉬운 황토 담장도 꽤 많았다. 돌담보다 내구성이 약했으므로 흙과 돌 혹은 흙과 짚을 섞어 만들었다. 흙과 돌을 섞는 경우에는 자연석의 평평한 부분이 외벽에 드러나게 했고, 나름대로 생각이 담긴 패턴으로 돌을 배치함으로써 보기에도 나쁘지 않았다. 흙담은 주로 짚으로 덮개를 씌워 무너져내리지 않도록 했다.

그런 담장에는 동식물이 살았다. 흙담에는 쥐나 벌이 살았고, 강아지풀이나 개망초가 가늘고 길게 자랐다. 돌담에는 먹구렁이도 살았는데, 독이 많지 않았고 주로 쥐를 잡아먹고 살아서 '집 지킴이'라 불렀다. 매우 강인하고 느리게 움직이는 카리스마를 가졌는데 사람들의 눈에 잘 띄지 않았다. 서식처를 멀리 옮겨다니지도 않았으며 사람들이 이사를 가고 난 빈집 담장에서도 살았다. 그러니까 돌담의 주인이었다.

담장은 흙, 돌, 벽돌 같은 무거운 자재로 만들었지만 울타리는 짚, 싸리나무, 판자로 만들었다. 이런 소재로 만드는 울타리는 외부 충격에 약했으므로 중간 중간 대나무로 지지대를 만들어 고정시켰다. 사철나무, 탱자나무, 동백나무와 같은 나무를 심어서 울타리를 대신하기도 했는데 꽃이 피는 계절에는 미감(美感)을 더해주기도 했다. 담장이나 울타리는

초가집과 담장. 2015년 4월. 순천 낙안읍성.

골목길을 만들었으므로 자연스럽게 아이들의 놀이터를 제공했다. 남쪽
을 향한 담장 밑은 겨울이나 초봄에 찬바람을 막아주어 따뜻했다. 아이
들이 놀다 간 온기에 힘입어 봄꽃은 담장 밑에서부터 피었다.

    내가 어려서부터 본 담장이나 울타리는 곡선이 많았다. 담장이나

울타리는 집과 집 간의 경계를 구분지음에 있어 구태여 각을 세우지 않았으므로 곡선이 된 것이다. 그것은 토지의 소유를 둘러싸고 그렇게 치열하게 이웃끼리 다투지 않았던 데에서 비롯된 것 같다. 각 가구마다 건축을 위한 필지를 사각형으로 나누어 건축물을 건축하지 않았다는 뜻이다. 설사 사각형의 필지단위로 소유권을 가지고 있었다고 하더라도 한 아버지 밑에서 자란 형제들이 장성하여 가족을 이루어 제금(분가)살이를 했을 것이므로 네 것 내 것이 불분명했을 것이다. 가난한 동생은 형이 덜어 준 땅에 집을 짓고 살았다. 그런 사회에서는 토지가 소유권보다 사용권으로서의 의미가 더 있었을 것이다. 아메리카 인디언들은 마을 단위로 토지를 소유한다. '대지가 인간의 소유가 아니라 인간이 대지의 소유'라고 생각하기 때문이다. 그곳에서는 담장이나 울타리가 굳이 직선일 필요가 없었을 것이다.

담장의 곡선은 우리에게 기대를 주고 설렘을 주는 서정성을 가지고 있다. 그 모퉁이를 돌아 서울로 간 아들이 색동옷을 입은 손자 손녀들을 거느리고 들어왔으며 우체부가 자전거를 타고 군대 간 아들의 편지를 가지고 나타나는 곳이기도 했다. 그 곡선은 연극에서 막을 달리하듯 기다림을 주는 경계선이었으며, 아쉬움을 부드럽게 마감하게 해주는 소실점(消失點)이었다.

흙담이든 돌담이든 한번 쌓으면 위치를 바꾸기가 쉽지 않았다. 그러다가 '초가집도 없애고 마을길도 넓히자'는 새마을운동으로 인해 시

이웃집과의 경계. 2017년 7월. 안양.

멘트벽돌로 만든 담장이 대거 등장했다. 직사각형으로 찍어내는 시멘트 벽돌은 획일성과 대량생산을 특성으로 하는 전형적인 포디즘(Fordism) 의 소산이었으며 권위적이었다. 질서는 있어 보였지만 미관은 전통적인 담장에 미치지 못했다.

　도시화가 되면서 담장은 벽이 되었고, 의미도 달라졌다. 위험하기 짝 이 없는 바깥과 평화롭고 싶은 안쪽을 경계 짓는 방어선이 된 것이다. 요 즘에도 도시의 단독 주택가를 지나다 보면 '개 조심' 혹은 '맹견주의'라 고 붙여놓은 종이나 아크릴을 더러 본다. 담장 위에는 날카롭게 깬 유리 를 촘촘히 박아놓기도 하고 철조망을 치기도 해서 마치 군부대와 같은 보

안시설의 벽을 보는 것 같다. 필요한 최소한의 선긋기 역할을 하던 담장은
이제 마음의 벽이 되어 이웃 간의 눈맞춤을 줄이고, 대화를 막는 방어벽
역할을 한다. 나아가 도시공간이 노후화되면서 얼룩지고 위협적 모습을
한 낡은 담장들은 무너뜨려야 하는 재건축·재개발의 상징이 되기도 한다.

　　수년 전에 문화재청을 중심으로 나서서 전통마을의 사라져가
는 골목을 보존하자는 운동이 일었다. 골목길을 지역문화유산으로 여기
는 발상이다. 남아 있는 길이라도 잘 보존할 수 있다면 그 자체도 박물관
이며 문화재 구실을 할 것 같다는 생각이다. 어떻게 전통과 현대를 조화
롭게 접목시키고 이해관계인들을 설득해 나가느냐가 관건이다.

　　최근 들어 도시에서는 '담장 허물기 운동'이 지역사회 단위로 일어
났다. 개인들의 이익만을 내세웠다면 선뜻 이와 같은 운동이 발붙이기
어려웠을 텐데, 지역공동체라는 시각이 있었으니 가능했을 것이다. 담장
을 허물어서 결국 이웃끼리 마음을 열어놓자는 사회적 의미도 있겠지만,
부족한 주차공간도 확보하고, 담장이 없으니 열려진 공간에 꽃을 심어서
이웃과 함께 즐기는 화단은 공유공간으로서 구실도 했다.

　　주택에 이어 학교나 교회의 담장허물기도 의식 있는 지역에서 선제
적으로 하고 있다. 학교를 지역사회에 개방하여 마을사람들이 운동장을
체육공간으로 쓰기도 하고 도서관, 수영장, 주차장은 학생들이 쓰지 않는
시간대에 마을사람들이 사용하기도 한다. 좋은 예로, 대구 계산성당은

담장을 허물어 역사경관의 축을 이루게 하여 공공성을 확보했고 지역사회속의 종교시설, 나아가 지역사회에 봉사한다는 종교적 의미도 더했다.

우리 사회에 나눌 자원은 충분하다. 문제는 나누려는 마음이다. 담장을 허물면 마음이 열리고 나눔의 가치가 전파될 것이므로 공동체 회복에 도움이 되는 일이다. 그것은 우리 사회를 보다 건전하게 하는 거름이 될 것이다.

빨간 우체통

예전에 우리 마을에는 자전거 탄 우체부가 가죽가방에 편지를 가득 담아 와서 사립문을 열고 들어와 툇마루에 한두 통씩 놓고 가곤했다. 성격 좋은 우체부는 편지를 놓고 갔다는 얘기를 들판에서 일하는 농부에게 소리쳐 알리기도 했고, 아예 편지를 이웃집에 대신 맡겨 놓고 가기도 했다. 어쩌다 점심시간 즈음에 배달해야 하는 경우에 사람들은 인사치레로라도 식사를 권했고, 우체부는 그 인정이 못내 고마워 물 한 잔을 얻어 마신 다음 주린 배로 이내 왔던 길로 되돌아갔다. 그때는 편지가 사람들에게 인정어린 소통수단이었고 텔레비전도 없던 시절이었으므로 마을사람들의 여론조성 매체역할도 했다. 편지는 다른 중요한 서류와 함께 와이셔츠 상자에 고이 보관되곤 했다.

우표는 우체국에서만 팔았다. 우체통은 비가 오기 전에는 먼지에 뒤덮여있기 일쑤였고, 사람들은 우체통에 넣기보다 우체국에 가서 편지를 부쳐야 정확히 전달되는 것으로 생각했다. 우표 디자인은 한동안 태극기와 무궁화를 사용함으로써 애국애족의 국가관을 견고하게 했다. 대개는 보낸 후 사흘 정도 지나 배달되었지만 어떤 때는 일주일 가까이 걸리는 경우도 있었다. 답장이 와야 편지가 도달되었다는 것을 알 수 있었으므로 편지를 보낸 날짜부터 기다림은 시작되었다.

군대에서 오는 편지는 서신 검열 때문이었는지 감동을 주는 얘기는 없었고, 내용구성도 매번 비슷했다. 겉봉투에 색깔이 있는 우표 대신 '군사우편'이라는 검은 소인이 찍혀 있었고 주소도 사서함을 쓰는 경우가 많아 편지의 감성적 가치는 낮았다. 그러나 부모님은 군에 간 아들소식을 늘 기다렸으며, 우리 집은 아들이 많아 툇마루 이곳저곳에 군사우편이 차곡차곡 쌓여 있었다.

오래 전 잠시 머물렀던 서울 사직공원 뒤 언덕배기에 미국인 선교사가 살고 있는 집을 지나다가 대문의 편지 투입구에 '기쁜 소식'이라는 문구가 쓰여 있는 것을 보고 발길을 멈춘 적이 있었다. 그 글귀는 지금도 나에겐 충격일 만큼 인상적이었다. 우리네 철제 대문 편지 투입구는 아직도 영어로 'MAIL'이나 'POST'라고 새겨져 있는 경우가 많다. 좀 부유하다 싶은 단독주택 편지함에는 아예 'US Airmail'이라고 쓰여 있는 경우도 있다. 왜 그 미국인에게는 '기쁜 소식'이고, 우리에게는 무미건조한 'MAIL'이나 'POST'일까? 편지가 갖는 정서적 부가가치를 우리 스스로 낮게 평가하고 있기 때문은 아닐까? 그리고 왜 하필이면 편지가 미국적이어야 할까? 더구나 요즘 도시의 편지함은 아직 주소를 옮겨가지 않은 예전 사람 앞으로 온 우편물들과 지금 살고 있는 사람에게 오는 편지들이 뒤섞여서 분류하기도 쉽지 않다. 비가 오는 날 야외에 설치된 우편함을 보면 편지, 신문, 잡지 등이 뒤섞여 마치 쓰레기통을 방불케 한다.

이제는 이메일이 보편화되어 인터넷이 우체부 기능을 대신하고 있다. 전 국민 스마트폰 시대이므로 우리 호주머니 속에서 실시간으로 편지가 배달되는 세상이다. 영상으로 채팅이 이루어지고, 사진이나 동영상을 주고받을 수 있기도 하다. 버스나 지하철에서도 거의 모든 사람들이 누군가와 메시지를 주고받느라고 핸드폰에서 눈을 떼지 못한다. 이제 편지는 더 이상 예전의 편지가 아니다.

그래도 편지는 기쁜 소식을 주고받는 매체로 남아 있으면 좋겠다. 해가 제일 먼저 뜬다는 울산의 간절곶 등대에 우정사업본부가 특색 있는 우체통을 설치해 관리하고 있다고 한다. 그곳은 내가 청춘을 바쳐 군대생활을 했던 곳이기도 하다. 새해 해돋이를 보기 위해 오는 사람들이 소원을 써서 우체통에 넣도록 하고 있다. 추억을 상품 삼고, 장소성(場所性)을 부각시키는 점에서 꽤 좋은 상징물이 되고 있는 것이다. 지리산 벽소령과 스위스 융프라우에도 빨간 우체통이 있다. 알프스, 세상 가장

높은 곳에서 보내는 엽서는 우리 삶에 감동을 선물한다. 이러한 우체통
이 곳곳에 설치되면 좋겠다.

- 월간사진예술, 2011년 6월호.

빨간 우체통. 2009년 11월. 알프스 융프라우.

세월을 지키는 간이역

우마차나 국방색 트럭이 흙먼지를 일으키며 신작로를 지나가던 시절에 기차는 고급스럽고 위대한 교통수단이었다. 여느 교통수단보다 빨랐고, 시간을 잘 지키는 편이었으며, 한꺼번에 많은 사람들과 물건들을 실어 날랐다. 철도는 농촌과 도시를 연결하는 통로였고, 간이역은 도시로 가려는 사람들의 꿈이 가득한 출발 지점이었다. 간이역 안은 하얀 페인트로 칠해져 있었고, 운행시각표와 나무 의자만 있을 뿐이었으나 그 소박한 역에 들어섰다는 것만으로도 사람들은 기대에 차 있었다.

간이역은 인근 도시에 오일장이 있는 날에는 더욱 북적였다. 주로 치매짜리(치마를 입은) 아낙들이 많았고, 멀리 여행하는 남정네들이나 어머니를 따라 나선 까까머리 초등학생들도 끼어 있었다. 아낙들은 운반

문닫은 원창역. 2009년 6월. 순천 별량.

하기 쉽고 제법 값이 나갈 만한 가축과 곡식을 머리에 이고 와서 바닥에
주저앉아 자신들이 정성들여 키운 가축이나 곡식에 대해 자랑도 하고
아쉬움을 담은 이야기꽃을 피웠다. 대도시로 여행을 가는 차림의 남정
네들은 자신의 목적지를 한번 물어봐 주기를 바라는 눈치였고, 물어 오
는 질문에 조심스럽지만 자랑스럽게 '서울 아들네' 혹은 '부산 딸네'라고
짧게 대답했다. 어른들을 졸라 기차로 오일장에 다녀 온 아이들은 사람
들이 타고 내리는 기차역 이름을 순서대로 외우는 것이 자랑이었다. 황
토색 송충이같이 작아보였던 기차가 간짓대로 닿을 만큼 커 보이기 시작
할 즈음이면 회색 옷을 입고 둥그런 각이 진 모자를 쓴 운전조수가 깃발
을 흔들어 기차가 간이역에 도착하고 있음을 알렸다.

전라남도 보성군 벌교읍에서 순천시로 오는 길목에는 원창역이 있다. 지금은 '무인역'으로 분류되어 지키는 사람이 없지만, 한때는 농민들이 피땀으로 키운 별량 들판의 곡식이 일본으로 수탈되어 갔던 곳이었다. 베이비붐 세대들이 학창시절을 보내던 1970년대에는 지역중심인 순천으로 진학한 중·고등학교 학생들로 통학시간마다 붐볐고, 장날이 되면 자녀들의 뒷바라지에 정성을 바치던 농부들로 북적이던 곳이었다. 그곳에서 기차는 목적지에 도달하기 위한 경제적이고 빠른 교통수단으로서의 의미보다는 문명으로 통하고 꿈을 실어다 주는 위엄을 가진 것이었다. 끝이 보이지 않는 철길을 따라 기차가 달리는 것을 보면서 아이들은 서울로 대학을 가고, 그곳에서 사랑을 하고, 뜻을 이뤄 자동차를 타고 고향으로 돌아오는 희망을 가슴에 키웠다. 형이나 오빠가 꿈을 안고 서울을 향해 떠나는 모습을 보았던 아이들은 역시 같은 꿈을 안고 서울로 가는 완행열차에 몸을 실었다. 그리고 철도는 쌀과 반찬을 안고 자식들이 있는 서울로 향하는 농부들의 꿈도 함께 실어다 주었다. 그렇게 자란 아이들은 지금 기술자도 되고, 공무원도 되고, 대학교수도 되고, 그리고 더러는 사업가도 되어 있을 것이다.

세월이 지났어도 나름대로 꿈을 재단(裁斷)하며 살던 아이들은 간이역에 대해서 여전히 첫사랑 같은 그리움과 어머니 같은 향수를 지니고 있을 것이다. 그러나 간이역은 문을 닫은 지 오래다. 통학시간이나 장날마다 북적이던 역은 값싼 페인트를 입고, 이제 막 전쟁을 끝낸 노병처럼 가슴에 '근대문화유산'이라는 훈장을 단 채 우두커니 서 있을 것이다. 마을에 남은 노인들처럼 외롭고 처량하게 지탱하는 중일 것이다. 그리고 마을 사람들 외에는 이 간이역을 찾아가는 길을 아는 사람조차 드물 것이다. 간이역 근처 담장 밑에는 그렇게 지나온 세월을 지키듯 오래전부터 있었던 맨드라미와 코스모스가 여전히 그곳에 서 있을지도 모르겠다. 김용호의 시어처럼 '떠난 지 이미 오랜 기차'를 기다리며.

원창역을 비롯하여 전국적으로 많은 간이역이 '무인역'으로 관리되고 있다고 한다. 인력이 부족하고 사고위험도 많다는 이유로 대부분의 간이역에 대해서 사람들의 접근을 막고 있는 실정이다. 아마도 고속철도가 확충되어 기존 철도의 쓰임새가 줄어들면 이와 같은 무인역이 더 늘 것이다. 이제 간이역은 이전과 같이 지역과 지역을 연결하는 수단이나 젊은이들의 꿈을 실어 나르는 장소의 의미는 사라질 것이다. 간이역에 대한 추억을 가지고 있는 세대들의 요구에 맞춰 그 장소에 적합한 새로운 해석이 필요한 시점이다.

간이역의 기능이 예전과 다른 것은 비단 우리나라만의 일은 아니다. 그렇지만 서구의 경우에는 지역여건에 맞게 다양한 활용방안을 모색하고 있다. 미국 버지니아 주의 페어팩스 같은 곳은 역을 박물관으로 활용함으로써 지역주민이나 관광객들의 사랑을 받고 있다.
여러 가지 대안 중에서도 지역의 역사문화 및 복지공간으로서 간이역에 대한 기대가 큰 것 같다. 사진이나 영화촬영지로 쓰이기도 할 것이다. 지나간 세월이 아쉬운 사람들이 뜻을 모아 신탁기금을 마련하여 추억박물관을 만들 수도 있을 것이다. 정부와 민간이 힘을 합하여 사라져가는 역사와 정서를 되살리는 노력이 필요해 보인다.

- 월간사진예술, 2011년 9월호.

도시와 나무

　　우리 마을 입구에는 우람하고 가지가 많은 느티나무가 있었다. 마을 사람들은 모두 '당산나무'라고 불렀다. 더운 여름에는 모시적삼을 입은 노인들이 앉아 오가는 사람들의 인사를 받았고, 낯선 사람들에게 길을 일러 주었다. 당산나무 밑은 우리 동네 유일의 광장이자 쉼터였고 아이들의 놀이터였으며 사당(舍堂)이었다. 어른들은 당산나무의 잎이 무성하면 풍년이 든다고 했고 당산나무를 베면 큰 재앙이 온다고 했다. 제사를 지내고 나면 나무 밑에 제삿밥을 두었다. 당산나무는 폭과 높이가 30미터쯤 되어 마을 풍경 속의 중심이 되었고, 마을사람들의 사랑과 섬김을 받았다.

　　고향마을에는 집집마다 나무가 없는 집이 없었다. 우리 집에도 몇 그루의 나무가 있었다. 마루에 앉아 내다보면 마당 오른쪽 부엌 앞에는 검은 오디가 열리는 산뽕나무가 있었고, 마당 왼쪽 대문 옆에는 감나무가 있었다. 감나무는 봄에 노란 왕관 같은 꽃을 떨어뜨렸는데 가운데가 텅 비어서 반지처럼 어린아이들이 새끼손가락에 끼워보기도 하고, 짚에 꿰어 목걸이를 만들기도 했다. 익기 전에 생장 조건이 부적합하거나 벌레가 먹는 경우에는 바람만 불어도 감이 떨어지곤 했다. 먹을 것이 많지 않던 시절이라 떨어진 감을 물 항아리에 2, 3일 담가두었다가 먹곤 했다. 오디든 생감이든 괜찮은 군것질 감이었다. 집 뒤쪽에는 오동나무, 가죽나무 그리고 앵두나무가 있었다. 오동나무는 누나 시집보낼 때 쓸려고 심어두었던 것 같았는데 막상 결혼할 때에는 장롱을 따로 맞추어 보냈던 것 같다. 가죽나무는 하늘 높이 자라기만 했지 그 쓰임새를 잘 몰랐는데 뱃일을 하는 사람이 노를 만든다고 사 갔다. 어머니는 가죽나무 잎을 밀가루에 반죽해서 전을 부쳐 주시곤 했는데 가장 특색 있는 음식이었다. 작은 누나가 어머니 나이쯤 되자 똑같은 풍미를 가진 전을 만들어 주곤 했다.

어릴 적에 본 나무는 마을과 집안의 풍경을 이루는 중요한 요소였으며 생활에도 유익했다. 그렇지만 도시화 과정에 택지개발이나 도로건설을 할 때에는 나무에 대한 나의 인식은 허사가 되어버린 느낌이다. 개발을 위해서는 나무를 보존하는 것보다 제거하고, 덜 심는 것이 더 경제적으로 여겨진다. 짧은 시간에 개발효과를 극대화하려고 하기 때문에 나무가 갖는 문화적이고 심리적인 기능, 환경 및 경관보호 기능에 대해서

계절이 바뀌면서 나무가
같은 장소라도 다른
풍경을 만든다.
2015년 과천.

는 우선 순위가 밀려난다.

　나무는 사계절 우리를 이롭게 한다. 잎은 잎대로 꽃은 꽃대로 계절 따라 아름다움과 쾌적함을 준다. 산사태를 막고, 바닷바람에 날리는 모래도 막아준다. 소음과 냄새를 차단해주기도 한다. 집에 심은 나무는 더위를 덜어주고 추위를 막아주기도 한다. 옥상에 심어둔 나무는 텃새들의 쉼터 역할도 한다. 침엽수는 사철 푸르름이, 활엽수는 낙엽이 아름다움을 준다. 단풍소식만으로도 마음이 풍요로워진다. 그래서 아름다운 나무와 경관이 있는 지역을 공원으로 지정하기도 하고, 보호할 가치가 있는 숲을 풍치치구나 경관지구로 지정하여 관리하기도 한다. 그래서 나무도 우리 삶의 구성요소이므로 도시에서의 나무에 대한 특별한 배려와 관심이 필요한 것이다.

　나무를 함부로 벨 것도 아니지만, 좋은 나무를 심고 잘 관리하는 노력도 중요할 것 같다. 도시에서는 보행로를 걷다 보면, 가뜩이나 사람들이 많이 다니는 길에 가로수, 가로등, 자전거길 그리고 교통신호등이 얽혀있는 것을 자주 본다. 좋은 나무를 필요한 곳에 심으면 좋겠고, 각종 시설물도 자기 목적만을 위해 난립하지 않도록 하여 시민위주로 정리정돈을 잘하면 좋겠다. 외국에서는 자동차 회사가 나서서 공해 방지림을 개발해서 보급하기도 하는 걸 보면, 도시문제를 해결하기 위해 다양한 수종을 개발하고, 위치에 맞게 심는 노력이 중요할 것 같다.

자연과 함께하는 길

　어머니 얘기에 의하면, 산간오지인 광양 옥곡에 남해고속도로를 건설하던 1971년에 야산을 허무는 일을 맡았던 포클레인 기사의 꿈에 난데없이 검은 구렁이가 새끼 몇 마리를 데리고 나타나 '공사 때문에 다른 곳으로 이사를 가야 하니 하루만 시간을 달라'고 했단다. 공사기간을 맞추는 게 건설업자의 의무이고, 포클레인 기사가 공사일정까지 조정할 수는 없는 처지여서 공사를 강행할 수밖에 없었는데, 공사 도중에 포클레인에 뱀들이 치어 죽었고, 그 기사는 며칠 동안 시름시름 앓다가 이내 죽고 말았다고 한다.

　전해지는 이야기처럼 고향사람들은 산을 신성시 했고, 사람은 산과 산에 사는 것들과 어울려 살아야한다고 인식했던 것 같다. 신령한 기운을 가진 검은 뱀과 흰 뱀도 산에 산다고 했고, 귀한 산삼을 먹으면 죽어 가는 사람도 살아난다고 했다. 산신령은 인자하고 신묘해서 산에 살면서 길 잃은 사람을 집까지 데려다 준다고도 했다. 동물 중에 가장 무서운 호랑이도 산에 산다고 했다. 그래서 산은 어두워지기만 하면 더 육중했고 온갖 무서운 것들이 다 웅크리고 있는 것 같았다. 그렇지만 햇빛이 제일 먼저 닿는 곳도 산이고, 해를 제일 먼저 볼 수 있는 곳이 산봉우리다. 온갖 약초가 산에 있고, 땔감까지 제공하는 자비로운 존재였다. 산은 제각기 소유자가 따로 있지만 남의 산에서 산나물을 캐어간다고 벌을 받지도 않았고, 이 산 저 산 돌아다니는 산짐승을 잡았다고 크게 비난하지도 않았다. 그래서 산은 골짜기를 경계로 거래가 이루어질 만큼 넓고 크고 여유로웠다.

　정부가 도로공사를 하는 것을 보면 마을사람들이 신앙처럼 여기는 산자락이 베어지는 경우도 있다. 이전의 신작로는 길이 굽어지더라도 마을을 자르지 않았으나 요즘 도로건설은 빠르게 달리는 것이 관건이므로 굽은 도로를 펴는데 집념한다. 그래서 높은 교각을 세워 마을이 내다보이던 산을 가로막기도 한다. 도로 밖에서 도로를 보는 것이 아니라 도로 안에서 내려다보게 하는 방식을 취한다. 도로 이용자에게는 편리하겠지만 마을과 전통의 시각에서 보면 폭력이다.

　전통마을의 경관을 이루던 나무들 또한 사라져 가고 있다. 경상북도 포항시 기계에서 안동을 잇는 도로를 개설하는 구간 옆에 기계동 숲

자연지형을 살려서 건설한 도로. 2016년 7월. 노르웨이.

이라는 마을 숲이 있는데 도로개설로 인해 일부가 파괴되고 있다. 전통 마을과 마을을 잇는 국도가 직선화되고 확장되면서 마을 앞 당산나무들 또한 사라지고 있다. 바닷바람과 모래를 막던 해송도 도로가 확장되면서 사라질 위기에 놓였다. 이를 보니 안타까운 마음이 들어 내 직무가 허용하는 범위에서 '나무 뱅킹'이라는 이름 하에 캐낼 수밖에 없는 나무를 보관했다가 필요한 곳에 쓰도록 해 본 적도 있다. 보다 중요한 것은 전통 문화경관을 최대한 살리면서 도로를 보강하려는 시각을 가지는 일이다.

그런 시각으로 영국의 도로를 보면 배울 점이 많다. 런던에서 고속도로(M4)를 타고 서쪽으로 가다가 다시 국도를 타고 남쪽으로 가다 보면 시골스런 분위기를 많이 본다. 통상 고속도로는 속도와 안전성이라는 기능에 충실하여 직선이 많지만 영국은 고속도로마저도 곡선처럼 보인다. 영국의 지방도는 좌우상하가 모두 곡선이다. 상하구배가 큰 경우에는 롤러코스트를 타는 것 같다. 주위의 광활한 밀밭을 가로 질러 시시각각 변하는 11월 말의 변덕스런 영국 날씨 속에 드라이브를 하는 것은 어릴 적 가랑비를 맞으며 숨바꼭질을 하던 때를 기억하게 한다. 카메라의 노출조절을 하지 않더라도 이런 날씨는 순간순간 변화하는 자연 모습이 모두 작품 그 자체이다.

경남 하동군 섬진강가에 오래된 벚꽃 길이 있다. 수년 전에 있었던 일인데, 봄이면 많은 사람들이 벚꽃을 보러 오기 때문에 차량이 너무 많아 정부가 벚나무를 베어내고 길을 넓힐 계획을 가지고 있었다. 지역 환경단체의 반발이 있었음은 물론이다. 그 일이 내 업무와 관련되어 있었으므로 '다소 도로가 곡선화 된다고 하더라도 벚꽃을 중앙분리대로 삼아 보존하면 좋겠다'는 의견을 냈다. '길 주변의 마을 숲을 보존하고 도시계획도 함께 정비해 달라'고 지자체에 요청하기도 했다. 그리고 그 길을 '문화로드'라고 부르면 좋겠다고 했다. 사람들이 '달리기 위한' 도로가 아니라 '머물고 싶은' 지역을 만드는 게 관광도로의 기능이라고 보았기 때문이다.

법은 도덕의 최소한

우리 마을에 살았던 어른 한 분은 마을사람들끼리 다툼이 있을 때면 나타나 피해자에게 '진단 고소를 해야 한다'고 말하곤 했다. 단순한 말다툼의 경우에도 '진단 고소'라는 말이 어린아이들의 입에까지 오르내릴 정도로 화두가 되었다. '진단 고소'는 폭력행사에 대한 처벌을 염두에 둔 용어였을 텐데 아이들은 그 말을 심각하게 받아들이지 않고 어린아이들끼리 사소한 다툼이 있을 때에도 '진단 고소를 하라'고 희화화하곤 했다. 우리 마을은 사람들 간에 그다지 심각한 다툼이 발생하지 않는 씨족사회이자 공동체의 선이 중시되는 사회 환경이었으므로 경찰까지 부를 일은 십 년에 한 번 있을까 말까 했다. 전화도 없었고 경찰은 십 리 밖에 있었으니 경찰을 부르러 가기 전에 이미 다툼은 끝나고 화해까지 이루어지곤 했을 터이다. 어린 나는 그 어른이 말하는 '진단'이라는 말을 '의사가 아플 때 환자의 배나 머리를 만져주거나 한의사가 팔목에 검지 중지 약지 세 손가락을 대고 비장, 간장, 위장의 건강상태를 점검하는 것' 정도로 이해했다. 게다가 '고소'라는 말은 생전 들어보지도 못했다. 지금도 '고소'와 '고발'의 차이를 혼동할 때가 있다. 그런데 그 어른이 단호하고 똑똑한 말투로 '진단 고소'라고 말했을 때, '이 사건은 예사롭지 않은 것 같다'고 직감했다. 분쟁현장에서 말끝마다 '진단 고소'라는 말을 썼던 그 어른은 동네 사람들에게 한 차원 높은 형사법의 집행원리를 가르쳐 준 법조인처럼 여겨졌다. 수 년 전 읽었던 「오래된 미래(Ancient Futures)」에서는 어린이가 어른들의 다툼을 중재하고 어른들은 그 중재를 따르는 것으로 갈등을 해결하는 관습이 이어지고 있다고 한다.

그렇듯 나는 어린 시절에 우리사회에 왜 법과 경찰이 필요한지 몰랐다. 물론 아버지가 간혹 일본 식민지시대의 일본 경찰의 가혹함에 대해 얘기할 때에는 화가 많이 났고 정의로운 경찰이 필요하다는 생각을 하지 않은 것은 아니다. 이른 아침에 나보다 먼저 잠에서 깨신 어머니와 아버지는 도란도란 얘기를 나누고 내 머리를 쓰다듬어주면서 '우리 아들은 검사나 판사가 되면 좋겠다'고 말하곤 했다.

고등학교나 대학의 윤리학에 '법은 도덕의 최소한'이라는 글귀를 보면서, '그래, 나 어릴 적 우리 동네에서는 도덕이 법보다 더 중요했지'라는 생각을 했다. 그런데 요즘에 지켜야 할 법은 지켜지지 않고 실행가능성이 낮은 법들이 양산되고 있는 것을 많이 본다. 국회의원들은 입법 활동이 의정 전반에 대한 성적표에 영향을 미치므로 정책적으로 별 영향이 없는 한 두 개 법조항을 고쳐서라도 실적을 올리려고 하는 경우도 있는 것 같다. 의미 없는 법들이 사라지지 않은 채 법전만 두껍게 만들고 있다는 생각도 든다.

시민들이 법을 지키려는 문화 또한 중요하다. 미국에서 도시계획을 공부할 때 얘기인데, 미국 서부 몇 개 주의 토지이용 정책 중에는 도시개발을 해서는 안 될 곳에 개발한계선(urban limit line)을 설정하는 경우가 있다. 그러니까 그 한계선 너머에는 수도, 전기 그리고 우편물을 받을 수 있는 주소가 주어지지 않도록 하는 것이다. 건축을 못하게 하자는 취지다. 거주용도가 아닌 비닐하우스까지 주소가 주어지고 전기가 공급되는 경우가 허다한 우리 도시 주변과 비교되는 일이다.

그래서 우리의 법 환경도 법을 많이 만들기보다 사람들끼리 질서를 잘 지키면서 좋은 관계를 유지하는 환경으로 바꾸어가면 좋겠다. 미국의 텍사스주는 협정(covenant)을 매우 중요한 도시정책 수단으로 여기고 있다. 공동체의 가치와 자발적 참여를 위해서는 공간을 활용하는데 있어서 강제적 규범보다는 협정이나 조례가 더 중요할 수도 있다는 발상에서 나온 것 같다. 우리나라에서도 수년 전부터 협정을 제도화했다. 이를테면, 두 개의 연접한 건축물을 헐고 새로 짓는 경우나 마을 전체의 전통경관을 잘 가꿔 경관가치를 높이고자 하는 경우 등에는 건물주나 마을사람들의 동의가 매우 중요하다. 그래서 협정을 체결할 수 있도록 길을 열어두고 있다. 전통 한옥마을에서 새로운 양식의 건축물이 들어섬으로 인해 전통경관을 해치는 것을 막고, 마을 경관의 통일성을 확보하기 위해 마을 조례 혹은 마을 협정 같은 것을 통해 스스로 지켜나가려는 노력이 이런 경우에 속할 것이다.

가설극장의 추억

내가 영화를 처음 본 것은 초등학교 1, 2학년 시절 가설극장에서였다. 대략 영화 상영 2, 3주 전부터 영화 포스터가 나붙었다. 상영일이 임박하면 자동차가 다니면서 스피커로 상영될 영화를 주지시켰다. 주연 남녀배우가 누구이고, 총천연색 시네마스코프이며, 이전의 다른 영화와는 다른 감동을 가져다줄 것이니 절대 놓치지 말라는 것이 소리광고의 주요 내용이었다. 컬러 인쇄물이 거의 없었던 때라 흙벽에 붙어있던 영화 포스터는 멀리서도 눈에 띄었고, 그 자체가 참신한 거리 미술이었다.

내가 갔던 가설극장은 사람들이 제법 모여 사는 마을 앞의 광장에 위치했다. 평소에는 말뚝만 박아 두었다가 영화상영 하루 전에 교실만한 크기의 장막을 쳤다. 이미 설치된 말뚝에 장대를 덧대서 키를 키우고 광목으로 장막을 둘러친 다음 입장객을 관리하기 위한 용도로 반트임 입구를 만들었다. 돈을 내지 않고 장막 안으로 기어 들어오는 불량소년들을 막기 위해 장막 바깥쪽에 몇 명의 청년이 다리를 어깨넓이로 벌리고 서 있었다. 극장 안으로 들어서면, 입구 오른편에 영사기가 있었는데 장막 바깥에 설치된 발전기와 검은 줄 몇 개로 연결되어 있었다. 달빛의 방해를 받지 않기 위해 스크린은 남쪽을 향했으며, 영사기사는 나무 시렁에 걸터앉아 필름을 감거나 풀기도 하고, 화면 크기를 요리 조리 조정하기도 했다. 스크린 기능을 하는 광목을 최대한 펴서 화면이 구부러지지 않도록 했다. 극장 안은 의자가 없었고 거적을 깔아 맨땅이지만 온기가 있도록 했으며 이 마을 저 마을 사람들이 다 모이는 곳이라 마을사람들끼리 옹기종기 앉았다. 천정은 뚫려 있어 주위가 어두워져야 상영 효과가 극대화되었다. 그래서 달이 아주 밝은 날은 피했다. 우리 같은 산골사람들은 어둡기 전에 집을 나서야 제시간에 극장에 도착할 수 있었고, 완전히 어둠이 내려앉았을 때에 영사기가 돌아갔다.

본 영화 전에 상영되는 예고편을 놓치면 영화의 절반을 놓친 것 같아 극장 근처에 도착하기 전부터 마음이 다급했다. 그땐 최대한 슬퍼야 영화다운 영화였고, 그것이 영화의 보편적 특성인 줄 알았다. 영화가 끝날 무렵에 가설극장의 장막은 거두어지고 사람들은 자리를 털고 일어났으나 나는 주인공이 페이드아웃(fade-out) 되어 완전히 사라질 때까지 몇 번이고 스크린을 되돌아보곤 했다.

우리 동네에 기계방아로 탈곡을 도와주던 집이 있었다. 그 집에서 야심차게 영화상영 계획을 세웠다. 기술적으로는 문제가 없다고 확신했는데 수지타산을 고려해야 했으므로 우선 동네 사람들에게 관람 수요를 파악했고 호응이 괜찮아 영화를 상영하게 되었다. 동력은 기계방아를 사용했고, 영사기와 필름 그리고 스크린은 아랫마을에서 빌려온 것 같았다. 기계방아는 어른들이 왼손으로 기계코를 누르고 오른손으로 서너 바퀴쯤 바퀴를 돌리면 시동이 걸렸다. 영사기는 수동이어서 처음부터 끝까지 손으로 돌렸고, 스크린은 가설극장의 절반 정도의 크기였는데 처마에 못을 박아 윗부분을 고정시킨 다음 아래로 늘어뜨렸고, 아랫부분은 귀퉁이에 줄을 묶어 땅에 단단히 고정시켰다. 스피커는 마을 콩쿠르에서 보던 것과 같은 것이었다. 그때 상영된 영화는 오래전 영화 포스터에서 본 것이었고 화질도 썩 좋지는 않았으며 화면조정이 제대로 되지 않아 등장인물이 훨씬 날씬하게 투사되었다. 게다가 상영 중에 필름도 서너 번 끊겼다. 그렇지만 기계방아 집 극장은 마을 안에 있었기 때문에 가설극장에 가는 것보다 번거롭지 않았고, 동네사람들끼리 모여서 본다는 친밀감도 있었으며, 수요자 맞춤형이어서 동네사람들이 다 모일 때까지 기다려주었다. 그 한 번의 마을영화상영이 살아가는 동안 내 기억에 남는 몇 안 되는 경이적인 모멘트였다.

1976년에 내가 고등학교를 진학한 순천에는 극장이 무려 세 개나 있었다. 그 극장들은 이면도로가 접한 상업지역에 위치하고 있어 근처에 '라사' 혹은 '모드'라는 접미어가 붙은 양복점이나 양장점이 있었고, 금은방이나 만돌린과 아코디언 같은 고급 악기가게도 있어 극장의 품격을 더했다. 그때는 고등학생들이 영화를 보는 것 자체가 일탈로 여겨졌다. 중간고사나 기말고사를 치르고 난 다음에는 교장선생님의 허락 하에 학년별 집단행사로 영화를 관람했다. 한 학년의 학생수가 720명 정도 되었으므로 절반씩 나누어 시간을 달리하여 입장을 시켰다. 이런 학교의 행태를 아는지라 영화관은 학교시험이 끝나는 주간에 맞추어 건전영화를 들여왔다. 하동에서 중학교를 졸업하고 나와 함께 고등학교를 다녔던 친구가 있었는데, 영화를 어찌나 좋아했던지 주말마다 사복을 입고 극장을 드나들었다. 그 친구는 외국 영화배우 이름을 죄다 외웠고, 웬만한 영화스토리는 다 꿰고 있었다. 내가 조심스럽게 최신 영화 얘기를 물어 보았을 때 그 친구는 나를 어린아이 취급을 하곤 했었다. 그 친구는 이소룡의 검은 쌍절곤을 집에 비치해 놓기도 했다.

성인이 되어서도 나는 영화를 좋아했다. 구속받지 않는 가운데 한없이 영화에 빠져 있고 싶었다. 대학졸업 후에 군대를 갔는데 제대 후에 청년실업 상태에 있는 나를 숨겨줄 곳은 도서관과 극장 밖에 없었다. 영화시장이 개방되기 시작하면서 영화 공급량이 늘어났고, 열악한 부도심에 위치한 극장들은 두 편을 묶어서 입장권을 발행하기도 했다. 그러니까 한편은 그런대로 영화적 가치가 있는 것이고, 다른 한편은 인기가 없는 것을 끼워 파는 형태였다. 그 당시에 서부영화, 마카로니 웨스턴, 중국

영화, 한국 영화 속에 푹 빠져 있었다.

　이제 영화는 4차 산업혁명 시대에 맞게 놀랍게 성장했고 스마트해졌다. 영화는 멀리 있지도 않고, 눈치를 보아가면서 극장을 찾아야 하는 시대도 아니다. 스마트폰이나 가정용 케이블 TV를 통해서 가장 편안한 자세로 좋은 음향 하에 영화를 즐길 수 있다. 극장마다 10여 개의 관람 구간을 나누어 각각 다른 영화를 한 영화관에서 동시에 상영하기도 한다. 자동차를 이용해서 야외에 설치된 대형 스크린을 보면서 영화를 즐기기도 한다. 입체영상을 뛰어넘어 가상현실이나 증강현실이 반영된 영화기술도 구현되고 있다. 우리 영화는 이제 시간과 장소의 제약을 극복하고 더욱 현실적인 모습으로 대중에게 다가오고 있으며, 나아가 세계시장을 주름잡고 있을 만큼 성장하고 성숙했다.

　그와 같은 분위기에 힘입어 지자체마다 영화를 테마로 한 도시 가꾸기에 관심이 커져가고 있다. 영화제를 운영하고 있는 지자체도 있고, 영화세트장을 설치해서 영화촬영지로 제공하거나 관광객들을 유인하기 위한 자원으로 활용하고 있기도 하다. 유명한 영화사의 브랜드를 개발 테마로 활용하여 분양성을 높이기도 한다. 지자체가 영화펀드에 투자를 해서 수익을 나눠 갖는 경우도 생겼다. 도시의 장소성을 살리기 위해 영화의 특정 장면에 도시이름이나 랜드마크를 삽입하여 간접적인 도시홍보를 하기도 한다. 가족, 환경을 비롯한 다양한 주제의 독립영화들도 무성하며, 일상과 지역을 소재로 한 영화를 만드는 일에 일반인들이 도움

을 주기도 한다. 영화가 단순히 오락을 넘어 문화산업이 되었고, 표현의
자유가 영화를 통해 확장되어 가고 있는 세상이다.

동네 콩쿠르

우리 마을에서는 농한기에 마을 청년들 주관으로 간혹 콩쿠르를 열었다. 마이크, 스피커 그리고 앰프와 같은 음향설비는 면소재지에 있는 전파사에서 빌려 왔고, 부상(副賞)은 어른들의 후원을 받아 마련하였다. 여성 참가자들 상품으로 밥솥, 밥그릇, 호미, 냄비 같은 것을 준비했고, 남성 참가자들을 위해서는 삽, 괭이, 낫처럼 들일을 하는데 필요한 도구들을 준비했다. 건전한 농민후계자들이었다. 콩쿠르는 마을 뒷산 구릉지에 있는 소나무로 둘러싸인 묘지 잔디밭에서 거행되었다. 스피커는 마을로 향하도록 남쪽 가지에 매달았다. 가상의 관객이라도 있어야 노래에 감정이 들어갈 수 있기 때문이었을 것이다.

사회는 말재주와 재치 그리고 문화적 리더십이 있는 청년이 맡았다.

참가자는 대략 10여 명 정도였는데 마을이 작아서 예선전도 없었고 참가하는 것 자체가 큰 의미가 있었으며, 동네 청년들이 우르르 몰려가서 사회자의 지시에 따라 한 명씩 나와 대중가요를 불렀다. 어쩌다가 이웃동네 청년들이 찾아오기도 했고, 찬조출연 형태로 노래를 부르기도 했다. 반주가 따로 없었으므로 일단 순서가 정해지면 마이크를 잡고 바로 노래를 시작했다. 그러니까 음역이 낮은 가요는 이런 방식의 음악회에 적합하지 않았던 것 같다. 첫 음이 높았던 '용두산 엘레지', '먼데서 오신 손님' 같은 곡이 한 대회에 두 번씩 불리기도 했다. 계곡을 따라 바람이 이리 불고 저리 불었으므로 노래는 분절되어 들렸고, 공기 속에 포집된 한 단락의 노랫가락은 마을 쪽으로 내려오다가 담배연기처럼 하늘로 올라가 사라져버리곤 했다. 스피커로 들려 왔던 사회자의 말을 유추해 보면 심사위원이 엄격하게 심사를 했던 것 같지는 않다. 이미 동네에서 누가 노래를 잘 하는지는 다 알고 있었으므로 정해진 '우리 동네 가수'가 최우수상을 받았다. 나머지 참가자들도 빈손으로 마을 뒷산을 내려오지는 않았다.

청년들이 도시로 떠나면서 콩쿠르는 중단되었다. 그러다가 그들이 고향으로 돌아오는 명절휴가의 중간쯤에 콩쿠르가 부활했다. 사실 녹음기가 있었던 것도 아니고 기준 음을 잡아줄 피아노가 있었던 시절도 아니어서 라디오에서 나오는 대중가요 신곡의 가사나 음정을 제대로 따라 잡는다는 게 보통 어려운 일이 아니었다. 어떤 이는 라디오에서 부지런히 가사를 받아 적기는 했으나 음정이 잘 맞지 않았던 것 같다. 그래도 마을에는 선천적으로 음악성이 있는 청년들이 몇 명 있어서 지게를 지고 다니거나 소를 먹이면서 유행가의 후렴구를 반복적으로 노래하곤 했다. 그러한 노랫가락은 다른 청년들이 신곡을 학습하는데 도움이 되었던 것 같고, 가성과 바이브레이션까지 넣어서 노래를 소화했으므로 어른들의 무료함을 달래주는데도 톡톡히 기여했다. 명절에 콩쿠르가 열리면서부터는 농한기 때의 콩쿠르에 비해 노래수준이 많이 향상되었다. 도시에서 돌아온 청년들이 다양한 레퍼토리의 가요를 선보였고 라디오가 좀 더 보급되었기 때문이기도 했다. 무대매너 측면에서도 이전보다 부끄럼을 덜 탔고, 객지생활을 하면서 그리웠던 고향이라서 그랬는지 참여 열기도 뜨거웠고 감정표현도 깊었으며 어떤 형태로든 연습도 많이 해 온 것 같았다. 변화된 콩쿠르에서는 특별한 부상 없이 먹고 마시는 것에 의미를 두었다. 나는 담 너머로 청년들의 노래를 들었던 호기심 많은 어린 관객이었다. 그들이 불렀던 송민도의 고향초, '뒷동산에 동백꽃이 곱게 피는데'를 읊조리며 어린 나는 행사가 끝나고 출연자들이 하나 둘씩 떠난 자리에 더 머물렀다.

콩쿠르 형태의 음악활동이 유행을 벗어난 다음, 형은 스스로 노동을 한 대가로 전축을 들여왔다. 그 전축은 진공관 앰프와 턴테이블 그리고 두 개의 스피커로 구성되어 있었는데, 니스 칠이 투명하게 된 노란색 나무상자를 활용하여 고급스러움을 더했다. 이웃집 축음기가 농촌노인의 행색이었다면 형이 들여온 전축은 유행하는 옷을 입은 서울총각 같왔다. 우리가 거주하던 방은 겨울철에 고구마를 저장해 두기도 했는데 이 번쩍이는 사치품은 한 사람이 누울 정도의 면적을 차지해서 애물단지 같은 보석이었다. 형은 그 후로 부모님 눈치에는 아랑곳하지 않고 LP판을 사다 나르기 시작했으며 나는 부모님의 꾸중을 듣지 않으면서 반사적 이익을 누렸다. 형 몰래 LP판을 뒤져보기도 하고 턴테이블을 작동해 보기도 했는데, 'Proud Mary', 'The Young Ones', 'My Blue Heaven' 같은 음악이 작은 방에 벅찰 정도의 출력으로 내 가슴을 뛰게 했다.

음악을 듣고 부르는 공간이 새로운 문화 창조의 영역으로 진화 했으면 좋겠다. 꼭 정부가 만든 음악당을 가지 않더라도 도시 내에서 작은 음악회가 편리하게 준비되고 열릴 수 있는 대중적 음악당이 많이 생겼으면 좋겠다. 도심 내에서는 음악을 연습할 수 있는 설비를 갖춘 연습실을 찾기가 쉽지 않은 게 현실이다. 어쩌면 공용시설도 프로그램 위주가 아니라 여유시간에 연습실로 쓰일 수 있도록 재설계되고 운영되었으면 좋겠다. 습관적 소비적 노래단계에서 창조적 협력적 음악공간으로서 노래방도 발전될 수 있을 것으로 본다. 한 예로 세대를 아우를 수 있는 국악노래방이 나오면 온 가족이 음악을 매개로 함께 할 수 있을 것이다. 대도시의 다문화공간에서는 인도, 네팔, 안데스음악이 흘러나오고 종교 음악도 함께 흘러나오는 그런 도시이면 더욱 좋겠다. 정부가 도와야 할 일이 있고 사회문화적으로 앞서서 나가야 할 부분도 있다.

벽보의 진화

우리 마을에는 사람들이 잘 보이는 벽에 갖가지 표어와 포스터가 나붙었다. 거의 모두 국가시책에 따라 면에서 마을 이장을 시켜서 붙이는 것이었다. 이장은 10여 장 되는 표어를 벽에 붙이기 위해 집에서 밀가루로 풀을 쑤어 빗자루로 풀칠을 하며 표어를 붙이고 다녔다. 국민들을 특정방향으로 움직이도록 하기 위한 국가작용이었던 셈이다. 대개 불조심, 산아제한, 쥐잡기, 간첩신고, 식량증산 등이었는데, 표어가 바뀔 때마다 나는 무슨 정부시책이 내려왔나 하고 골똘히 표어를 읽어보곤 했다. 표어는 대개 운율을 맞추어 사람들의 머리에 와 닿도록 전통 시조처럼 세 글자와 네 글자를 반복하는 형식으로 총 16자 내외를 썼다. 벽보도 모자라서 반공방첩이나 식량증산처럼 절실했던 표어들은 페인트로 벽에 직접 쓰기도 했다. 면소재지로 나가면 농협이 수매한 벼나 보리를 보관하기 위한 미곡창고가 있었다. 비교적 크고, 넓고, 표면이 미장처리가 잘 되어 있어서 표어를 부착하기도 편리했으므로 온갖 표어가 붙었다. 그곳에도 시대에 따라 반공, 멸공, 승공 등의 붉은 글자가 있었고, 멀리서도 식별이 가능했다. 그리고 국가가 새마을운동에 열을 가하면서 새마을운동과 관련된 표어와 포스터, 깃발, 모자 그리고 계몽용 노래가 농촌세상을 덮었다.

포스터는 표어보다 많지는 않았지만 시각적 효과 탓인지 전달력이 컸다. 포스터 주제는 불조심이 많았다. 부엌에서 불을 때기도 하고, 어린이들은 태어나면서부터 불을 좋아하는 특성이 있고, 겨울철에는 논두렁을 태우느라고 불이 산으로 번지는 경우가 많아서였던 것 같다. 학교에서는 상금을 걸어놓고 표어나 포스터 경진대회를 하기도 했는데, 표어는 좀처럼 기발한 문구가 생각나지 않았고, 포스터를 그리는 것 또한 특별한 재주가 없어 상을 받아보지는 못했다.

한편 국회의원이나 대통령선거 때가 되면 선거벽보가 붙었는데, 흔하지 않게 컬러로 인쇄된 사진을 볼 수 있었다. 선거벽보에 나타난 후보자들의 얼굴은 밝고 야심차 보였다. 당선이 된 국회의원은 해마다 일 년 열두 달이 한 장에 표시된 달력에 자신의 얼굴을 박아 집집마다 배포했다. 한 장짜리 달력은 해마다 조금씩 위치를 달리하면서 붙였으므로 부족한 벽지의 기능도 했다.

요즘은 플래카드나 디지털 광고가 벽보를 대신한다. 플래카드가 수

오래된 벽보를 재현해 놓은 모습. 2017년 8월. 강화 교동.

시로 바뀌고, 어떤 플라타너스 가로수에는 얼마나 자주 그리고 오래 플래카드가 붙어 있었던지 노끈을 맨 자리에 상처가 나 있을 정도다. 최근에는 시청각 효과가 결합된 디지털 광고판에 매초마다 무수히 많은 광고들이 송출되고 있어서 가히 광고가 범람하는 세상이다.

　요즘 새로 짓는 아파트의 공공안내판을 보면 외국인 거주율이 낮을 법한 중소도시인데도 'notice' 혹은 'information'이라는 표현을 쓰고 있다. 그보다는 '알립니다'라고 쓰는 것이 훨씬 나을 법한데, 이

역시 수요자들의 뜻을 반영하지 않는 모습 중의 하나이다. 지하철은 더욱 어지럽다. 공공적인 광고와 상업적인 광고들이 뒤섞여 있다. 공공 공간이 문신을 한 것 같다. 그런 점에서 고향마을에 정부가 일방적으로 표어와 포스터를 붙였던 시대와 차이가 없는 것 같다. 도시에서의 표어와 포스터 같은 공공 표현행위는 가급적 단순하고 절제된 표현이 오히려 전달력도 강하고 시민들의 마음에 와 닿을 것 같다.

땔감에서 대체에너지로

가족 구성원 모두가 가정생활에 손을 보태야 했던 시절에는 단순한 취사용 땔감은 아이들이 주워오기도 했다. 농사일보다는 난이도가 다소 낮아서 아이들의 일이기도 했다. 아이들은 뭔가 큰 성과를 내고 돌아올 것 같은 자세로 산에 올랐지만 목적지에 도착하자마자 전쟁놀이에 바빴으므로 돌아올 때는 이렇다 할 화목(火木) 재료를 가지고 오지 못하는 경우가 많아 어른들로부터 호되게 야단을 맞곤 했다.

아이들이 산에서 주워올 수 있는 것이란 고작 마른 활엽수 가지나 솔잎이었다. 산에는 바람에 잘 견디는 키 작은 등걸들이나 부드러운 풀들이 있었지만 그것들은 화력이 좋지 않았을 뿐더러 채집하기도 어려워서 우리 같은 어린 나무꾼들에게는 반갑지 않은 것들이었다. 그것들을 설사 지게에 가득 채워서 집으로 돌아온다 하더라도 어른들로부터 환영받지 못할 일이었다. 민둥산이 많았던 때라 산 정상 부근 가파른 곳에 소나무들이 군락을 이루고 있긴 했는데 접근하기가 어려웠다. 묘지를 보호하고 위치파악을 하기 위해서 심은 늙은 소나무들이 있었는데 나 살자고 뜻을 담아 심은 소나무를 벨 수도 없는 노릇이었다. 식목일에 심은 소나무들은 아직 어렸고, 동네사람들은 생솔가지로 밥을 짓는 경우에는 산림감찰의 눈치를 보아야 했으므로 작은 솔잎도 숨기기에 바빴다. 제법 큰 소나무 밑에 드문드문 쌓인 솔잎들은 쌓이는 족족 갈퀴로 여러 차례 긁어내서 바닥이 깨끗했다. 농사일이 끝나고 난 다음 부산물로 남은 볏짚을 땔감이 부족한 탓에 취사용이나 소죽을 끓이는데 사용하기도 했다. 불티가 날아오르고 화력이 약해 금방 아궁이가 재로 가득 차 여간 불편한 게 아니었다. 그런 속에서도 어른들은 춥고 긴 겨울을 준비하거나 혼상제례 같은 특별한 행사를 앞두고 부엌 바깥 혹은 아래채에 제법 많은 장작을 차곡차곡 쌓아 두곤 했다.

산을 소유하고 있는 집은 그래도 땔감 걱정을 덜했다. 반면, 산을 갖지 못한 집은 국공유림, 종중림 혹은 주인이 이사를 가서 감시가 소홀한 곳이나 주인이 마을에 살더라도 접근이 어려운 산 정상 부근에서 땔감을 찾았다. 민둥산에 가봤자 땔감이 많지 않을 것을 알지만 동네 아이들은 지게를 지고 어른들의 눈에서 멀리 떨어진 뒷산으로 올라갔다.

아버지는 매일 집안을 구석구석 들여다보고 땔감을 비롯한 집안 살

겨울 혹은 중요한 행사를 대비해서 모아둔 땔감.

림에 필요한 수요를 파악했으며, 들판이나 산에 가서 '가족을 위해 채워야 할 것들을 찾는' 삶을 살았다. 어머니는 마침 밥을 지어야 할 시간에 아버지가 들고 오는 나뭇단에 반색을 하곤 했다. 아버지는 가장이었으므로 모든 것을 책임지는 중심에 있었지만, 주로 들판에서 일했고 나무채집은 간혹 내가 맡아야 할 경우도 있었다. 그러나 어른들은 아이들이 평생 자신들의 삶을 닮은 모습으로 살아가는 것을 원하지는 않았던 것 같다. 그래서인지 아버지는 나를 위한 지게를 만들어주지 않았다. 도시화가 진행되면서 청소년들이 일찍이 도시로 떠났다. 그러면서 어른들은 아이들이 거들었던 나무채집 몫까지 대신했는데, 나이가 지긋해서도 나뭇

짐에 덮여 얼굴이 보이지 않는 모습으로 좁은 골목길을 횡보해야만 했다.

땔감이 부족한 산에서 나무를 베고 남은 뿌리 부분을 우리는 '끌팅'이라고 불렀다. 집집마다 땔감을 사용했으므로 가까운 산에는 나무가 거의 없었으나 끌팅은 제법 있었다. 끌팅을 잘못 밟으면 새로 산 고무신 옆구리가 찢어지기도 했고 물이 질펀한 길을 걸을 때는 양말이 젖고 발이 미끄러워 넘어지기까지 했다. 그렇지만 게으른 나무꾼에게는 끌팅이 유혹적인 작업거리였다. 산길 가까이에도 끌팅은 있었으므로 한 번 파서 짧은 시간에 성과를 이룬 다음 얼른 집으로 돌아가고 싶은 마음에 실없이 발로 툭툭 차보기도 했다. 발로 차서 쉽게 패이는 끌팅도 있긴 했지만 그런 경우는 벌레가 먹거나 썩어서 화력이 좋지 않았다. 쉽게 뽑히지 않는 끌팅을 힘들게 뽑았다 하더라도 취사를 위한 땔감용으로 썩 좋지 않았다. 뿌리 부분에 흙이 많기도 했고, 팔 다리를 떡 벌리고 있는 괴이한 형상 때문에 좁은 아궁이에 알맞게 들어가지도 않고 도끼로 패기도 사나웠다. 산에 오르다가 끌팅에 걸려 넘어져 다친 아이들은 끌팅을 향해 심한 욕설을 퍼붓기도 했다. 그런 경험 때문인지 우리 동네 사람들은 주위사람들에게 크게 보탬은 안 되면서 자리만 차지하고 있는 사람을 일컬어 '끌팅 같은 사람'이라고 비난하며, 그 은유에 자지러지게 웃곤 했다.

그런데 산림녹화와 사방사업이 시작되면서 산의 모습은 달라졌다. 속성수인 오리나무 묘목이 대거 보급되었고 산은 푸르렀다. 활엽수인 오리나무는 화력이 썩 좋지는 않았지만 금방 자랐고, 병충해에도 강해서

민둥산은 단기간에 울창해 보이는 숲으로 바뀌었다. 오리나무는 어른들이 심었지만, 사방사업을 위한 풀씨를 모으는 일이나 소나무 잎을 갉아 먹는 송충이를 잡는 일은 아이들 몫이었다. 그 즈음에 석유나 전기처럼 땔감을 대신할 대체에너지 자원이 등장하면서 산에 나무를 하러 가는 빈도가 확실히 줄어들었다. 덕분에 산은 우리도 모르는 사이에 더욱 울창해졌다. 전기가 들어오기 전에는 아이들이 호롱불에 불을 밝히거나 곤로에 쓸 석유를 구하기 위해 십리 길을 걸어가서 사 오곤 했다.

송충이를 잡던 아이들은 도시로 가서 도시형 땔감인 연탄을 만났다. 신문지로 숯불을 빨갛게 달궈서 연탄불을 살리는 것은 새롭고 선진화된 도시형 적응방식이었다. 가게에 번개탄을 사러 가는 일이 도시민의 풍속도였고, 연탄불이 꺼지기 전에 새로운 연탄을 화덕에 갈아주어야 하는 것도 칭찬받을 노하우였다. 도시로 아이들을 진학시킨 부모님들은 장날이면 자녀들의 자취방에 남아 있을 연탄 개수를 세면서 연탄이 없어 춥거나 밥을 해먹지 못하는 일은 없는지 걱정하곤 했다. 연탄과 비슷한 시기에 석유곤로가 나타났다. 도시에서는 가정집마다 석유곤로 혹은 연탄화덕 위에 밥이나 국을 얹어 취사를 했다. 대학 부근의 좁은 자취방 부엌의 모습도 그랬다. 프로판가스의 등장은 화력과 편리함의 변곡점이 되었으며, 거리마다 프로판가스를 지게나 오토바이로 배달하는 것도 도시의 일상적 풍경이었다. 그러다가 도시가스가 들어오면서 집집마다 회로모양의 배관이 건물 벽을 장식했다. 도시가스가 들어오는지는 도시외곽의 새로운 주택단지의 분양가격을 결정짓는 요인이 되기도 했다.

아파트가 건축되면서 도시가스 배관은 벽체 안으로 들어갔다. 어떻든 아파트 안쪽에 들어서면 부엌이 이전의 땔감이나 연탄을 이용했을 때에 비하면 상전벽해가 되었다. 우선 서서 취사를 할 수 있고, 먼지도 나지 않고, 식기를 씻을 수 있는 설비도 편리하게 마련되었다. 전기밥솥이 취사를 대신해주므로 밥을 짓는 시간에 TV를 보거나 다른 가사 일을 할 수 있어 가정에서의 생산성도 높아졌다. 대신 석유나 가스는 외국에서 수입을 해왔으므로 별 관심도 없었던 국제원유가격의 부침이 뉴스거리가 되고, 지구온난화라는 거대 담론까지 가정이 책임져야 하는 형국이 되었다. 옛날에 산에 가서 하루 종일 주워 온 땔감이면 충분했을 에너지를 실없이 소모하는 에너지 소비적 삶을 살고 있다.

생각해보면 산골에서는 에너지 자립생활을 했다. 건물을 남쪽으로 향하도록 지었던 것도, 천정 높이가 낮았던 것도, 북풍을 막기 위해 뒷문 크기를 줄였던 것도, 담장으로 바람을 막았던 것도, 구들장을 설치했던 것도 모두 패시브(passive) 건축의 좋은 사례였다.

네덜란드 암스테르담 외곽 작은 에너지 자립마을을 방문한 적이 있다. 그 마을은 예술 활동을 하는 사람들이 모여 살았는데, 환경오염을 최소화하기 위해 폐 선박을 뜯어서 건물을 짓고 오염된 토지를 정화하는 식물을 곳곳에 심었다. 집집마다 태양광 발전을 하고, 쓰고 남은 전기를 블록체인 기법으로 마을 전체적으로 모아서 팔기도 하고, 쓰고 남은 만

큼은 마을에서 쓸 수 있는 화폐로 바꾸어 되돌려주고 그 화폐를 마을의
공동카페에서 사용하도록 했다. 마을사람들은 자연스럽게 그 카페에 모
여 공동체의 이슈를 이야기하고 여론을 조성하며 친목도모도 하고 있었
다. 기술도 발전하고, 자연환경보호 및 공동체의 협력이 중요한 가치로
떠오르고 있는 시대에 에너지 활용의 새로운 지평을 열어준 사례이기도
하다. 우리 도시나 농촌마을들도 자연자원을 아끼고 지속가능한 발전을
위해 이처럼 진화된 모습의 에너지 공동체로 거듭나면 좋겠다.

놋그릇에서 도예(陶藝)까지

    큰 누나가 시집갈 때만 해도 미리 준비해 둔 놋그릇과 놋수저를 혼수로 챙겨갔다. 일 년 내내 지은 곡식을 팔아 장터에서 바꾼 것들이었다. 놋그릇은 금방 때가 끼는 특성 때문에 시간이 지나면 군데군데 얼룩이 져서 청결해 보이지 않았다. 그래서 날 잡아서 마당에 멍석을 깔아 놓고 짚으로 닦았다. 동네사람들이 품앗이 형태로 함께 작업을 하기도 했다.

    그러다 스테인레스가 등장하면서 놋그릇처럼 닦지 않아도 햇빛에 번쩍이는 신소재의 식기가 나타났다. 식기 장사의 설득에 넘어가서 대부분의 가정집에서 놋그릇을 스테인레스 그릇으로 바꿨다. 시집올 때 가져온 혼수라서 아쉬웠던지 어머니는 몇 개의 식기는 남겨두고 나머지를 모두 식기장수에게 내주었다. 더러는 가발용 머리카락을 사러 다니는 경우도 있어서 젊은 여인네의 긴 머리와 스테인레스 밥그릇이나 도시락통과 바꾸기도 했다.

밥그릇, 국그릇 그리고 반찬그릇이 스테인레스였다면, 큰 저장용기는 옹기 항아리인 도가지(독)였다. 도가지는 용도에 따라 물도가지, 장도가지, 쌀도가지로 불렸다. 도가지는 옹기장수가 지고 왔는데, 러시아 인형처럼 아주 큰 옹기 안에 보다 작은 옹기들이 여럿 들어 있었다. 옹기는 모양도 달랐지만 용도도 달랐다. 아주 큰 용기는 곡식을 저장하기 위해 썼는데 곡식을 퍼오라고 할 때는 물구나무를 서듯 독 속으로 머리를 들이밀고 쌀, 밀 혹은 보리를 퍼내야 할 정도로 깊었다. 그보다 좀 작은 크기 옹기들은 장독대에 모여 있었다. 큰 독은 된장독으로 쓰였고, 중간 크기는 주로 김치를 담아 두었으며, 작은 독들은 비어 있거나 전라남도 지방에서 흔한 칠게를 장에 담가두는 경우도 많았다. 결혼식과 같은 큰 일을 치를 때는 도가에서 막걸리를 사다가 빈 독에 잔뜩 담아두기도 했다. 부엌에는 물을 담아서 그릇을 씻거나 밥을 지을 때 사용하는 맑은 물 저장기인 자박지라는 이름의 도가지가 있었는데, 먼지가 들어가지 않도록 둥그런 모양새로 만든 나무판으로 덮어 두곤 했다.

떡을 만들 때 쓰는 시루는 증기가 위쪽으로 향해 떡을 찌기 쉽게 기능하도록 바닥에 서너 개의 큰 구멍이 뚫려 있었고 자주 사용하지 않았으므로 장독대의 제일 뒤쪽에 보관했다. 꽤 튼튼했으나 제작이 잘못되었든, 내구년수가 지났든, 혹은 잘못 다뤄서든 금이 가기도 했는데, 그럴 땐 철사로 묶어서 더 이상 금이 가지 않도록 했다. 또는 금이 갔으나 버리기 아까운 경우에는 마른 곡식을 담아 두기도 했다. 또 주둥이가 깨진 독은 수선을 해서 오줌통으로 사용하기도 했다. 우리가 살던 지역에는 사기막이나 옹기점이라는 마을 이름이 있었던 것으로 보아 도자기나 옹기를 구웠던 것으로 추측되는데 수요가 줄어들기도 하고 도기장이들이 돌아가셨는지 이름만 남았을 뿐, 사기나 옹기를 만들지는 않았다.

아파트 위주의 도시생활을 하면서 둥그런 모양새들이 네모난 모양새로 바뀌었다. 냉장고가 그랬고 쌀독이 그랬다. 도자기 항아리나 옹기가 있더라도 공간이 넉넉지 않은 아파트에서 보관하기가 쉽지 않다. 더욱이 짙은 갈색의 옹기가 하얗고 밝은 아파트의 실내 환경에 잘 어울리지도 못했다. 어쩌다 옛 시절이 그리워서 고향집에서 가져왔다고 해도 둘 곳이 없어, 아파트 밖으로 쫓겨 나가거나 되돌아가는 경우도 있다.

도자기가 흙으로 빚어지는 것이라서 건강에 좋다는 소문이 돌아 도시생활이 좀 넉넉해지면서 사람들의 관심이 많아지고 있다. 밥그릇, 국그릇으로 명품 도자기를 찾는 시대가 되었다. 덴마크를 여행하면 왕실도자기를 사는 것이 관광코스 중의 하나이다. 헝가리나 일본 그리고 베트남의 경우에도 전통도자기 마을을 관광 상품화하고 있다. 우리도 왕실도자기를 공급했다는 전통이 있는 경기도 광주나 이천지역에서 지역의 정체성을 높이고자 도자기 축제도 하고 지역에 자리 잡은 전문 도예공방과 기업들이 도자기를 공급하는 역할도 한다. 도자기를 통한 예술 활동을 하

장독대. 2017년 8월. 강화 교동.

겠다고 사람들이 그곳으로 몰리기도 한다. 도자기 전시회도 자주 열리는 것을 보면 이제 도자기가 도시의 경쟁력도 살리고, 사람들의 예술 활동의 소재로 꽤 지평을 넓힌 것 같다.

◇◇◇ 요즘은 도심서도 도예공방이 이곳저곳에 들어서 있고, 평생교육 차원에서 대학들이 일반인을 대상으로 도자기 실습을 강의하기도 한다. 장애우들이나 수용자들의 심리치유 프로그램에 도자기 제작을 활용

하고 있기도 하다. 도심 내에서 대학생들이 창작한 도자기 공예품들을 팔기도 한다. 전통한옥마을에 공방이 있고 도자기 소품을 파는 곳이 정겹다. 청자, 상감청자, 청화백자, 백자를 만든 민족이니 세계로 진출할 역량과 토양을 가지고 있는 것은 분명하다.

전봇대로 이어진 문명

　　전기가 들어오면서부터 등잔불은 전등에게 자리를 내주어야 했다. 필라멘트가 끊어진 전구와 등잔이 함께 시렁 위에 얹혀 있곤 했다.

　　전봇대는 초기단계에서는 키가 큰 전나무를 사용했고, 잘 썩지 않도록 방부처리를 했다. 그러다가 내구년수도 늘리고 같은 규격으로 대량생산하기 위해 콘크리트를 사용하기 시작했다. 신식 전봇대에는 일정 간격으로 볼트와 너트가 결합되도록 구멍을 뚫어 전선을 수리해야 할 필요성이 있을 때에는 핀을 꽂아 발 받침대를 끼워서 전선수리공들이 안전하게 오르내리도록 개량했다. 그땐 전기가 자주 고장이 나서 수리공들이 변압기 주위까지 자주 오르내렸다.

　　나는 산골에 살았으므로 새로운 문명에 대한 소식을 알기까지는 시간이 많이 걸렸다. 어른들은 전기가 보급된다는 것을 미리 알고 있었겠지만 아이들에게 전달되기까지는 시간이 더 걸렸다. 어른아이 할 것 없이 전기가 보급된다는 것에 대한 기대는 컸지만 모든 것을 아껴야 하는 시절이라 어른들은 전기요금을 가구별로 부담해야 한다는 대목에서 얼굴이 어두워졌다. 전기공사는 전봇대를 먼저 세우고 난 다음 몇 개월이 지나서야 전선을 설치했는데 매일 매일 전봇대 사이에 전선이 설치되었는지를 확인하곤 했다. 전기가 들어오기 시작하면서 새마을운동이 완결된 것으로 여겨졌고 문명인이 되었다는 생각이 들었다. 산과 들을 거침없이 직선으로 가로지르는 전봇대와 전선의 위용은 군대 같았으며, 군인에 열광했던 그 당시의 어린 소년들의 가슴을 뛰게 하기에 충분했다. 전선의 시발점은 서울로 여겨졌으므로 전봇대를 따라가면 농촌을 떠나 서울에 도착할 수 있을 것 같았다.

우리 집은 방 세 개와 부엌 하나를 갖춘 일(一)자형 집이었는데, 각 방과 부엌 그리고 마루에 백열전구를 끼울 수 있는 소켓을 한 개씩 설치했다. 부엌 전구는 먼지와 수증기에 그을려 정해진 조도만큼 밝지 않았다. 전기를 아끼기 위해 일부러 조도가 낮은 전구를 사용하기도 했다. 마루에 설치된 전등은 밤이 빨리 오는 가을날 마당일을 하는 데에도 쓰여야 했으므로 전기선을 길게 늘여 평소에는 모여서 식사를 하기 위해 마루를 비추도록 했고 농사일이 바쁠 때는 마당을 비추도록 처마 끝에 매달았다. 이후에 백열전구보다 형광등이 전기 요금도 싸고, 밝고, 내구성도 있다는 소문에 우리 집에도 형광등을 들였는데 전기를 아끼기 위해 큰 방과 가운데 방을 같이 비추도록 방과 방 사이의 벽을 뚫어 형광등 하나로 두개의 방을 비추도록 했다. 벽지도 하얀색이고 천정이 그다지 높지 않은 집이어서 형광등이 두세 번 깜빡거리다가 켜지면 개미까지 다 보일 정도로 온 방이 환했다.

전화는 더디게 들어온 문명이었다. 먼 곳에 있는 친척들에게 연락을 하려면 십 리쯤 떨어진 우체국이나 시내로 나갈 일이 있는 날을 기다려 전신전화국으로 가야 했다. 전화를 신청한 후에 한 시간 정도를 기다려야 교환원이 연결을 해 주었고, 독립된 전화 부스에서 검은 전화기의 수

마을에 전기가 들어오기 전에 고향집에서 사용했던 등잔.

화기를 들었다. 그땐 음질도 좋지 않아 우체국이 떠나가라고 소리를 질러야 했다. 그러니 섬세한 어조사까지 섞어서 맛깔나게 의사를 전달하기도 어려웠고 남이 다 듣는 가운데 은밀한 대화를 나누기도 어려웠다. 그러다가 1981년 어느 날 우리 마을 이장 집에 마을 공용으로 비상연락용 전화가 한 대 들어왔다. 마을사람들에게 전화가 오면, 이장 댁은 스피커로 전화가 왔다는 사실을 동네방네 알렸다. 호출을 받은 사람은 대개 들판에서 일하다 달려왔다. 그리고 그 이듬해에는 우리 집에도 전화가 들어왔고 음질도 좋아졌다. 시외전화가 시내전화보다 값이 비쌌으므로 시외전화를 할 때에는 미리 할 말을 생각해 두거나 할 말만 하고 끊어야 했으므로 마음부터 다급했다. 객지생활을 하면서 부모님께 안부전화를 드리곤 했는데, 우리 집은 아들이 많아 목소리로 식별하기가 어려웠던 터라 "어머니!"하고 부르면 어머니는 "누구냐?"라고 물었다. 나중에 신원을 확인하고서는 놀란 듯이 "아이고 내 새끼야, 잘 있냐?"라고 언제나 반색을 했다. 아버지는 늘 차분한 어조로 전화를 받았으며, "니가 알아서 해라."라는 말과 "항상 조심해라."라는 말을 남겼다.

　도시화와 산업화가 진전되고, 기술도 발전하고 소득도 늘면서 전화가 보편화되었다. 급격한 도시화 과정에 전봇대와 전신주는 우후죽순처럼 수요가 있는 곳마다 세워졌다. 국가가 독점하던 전화회사가 민영화되고 과점화(寡占化) 되면서 도시마을마다 전화선이 더욱 많아졌다. 유선방송까지 등장하면서 가정으로 연결되는 케이블 TV선이 가세하기도 했다. 인터넷이 등장하고 이동전화가 보편화된 정보통신시대가 왔는데도 이전의 전화선은 동네를 무질서하게 어지럽히고 하늘을 제멋대로 갈라 놓고 있다. 전화선은 이제 지구를 몇 바퀴 돌고 남을 정도로 도시의 지하에 매립되어 있다고 한다. 도시 사이를 가로지르는 경우에는 전기선이든 전화선이든 상대적으로 편승하기 쉬운 도로주변을 이용해서 설치되고 있다. 그래서 도로를 달리다 보면 전선이 자연경관을 가리는 경우도 많다. 전기선과 전화선을 보면 설레는 게 아니라 오히려 어지럽다.

전화선과 전기선이 경관을 해친다고 생각하여 정부가 지하에 매설하는 방안을 추진한 적이 있다. 이른바 공동구라는 것인데, 전화회사와 전기회사가 위험성 내지 관리상의 이유를 들어 함께 매설하지 않고 있다. 매설비용을 누가 지불해야 하는지를 두고도 난색이다. 공동체의 문제이니 정부와 지자체, 전기 및 전화회사가 함께 나서서 개선해 보려는 노력을 했으면 좋겠다. 갑작스럽게 큰 돈이 들어가서 어려움이 있다면, 제한된 지역 그러니까 사회적으로 보호가치가 높은 어린이 보호구역이나 역사문화 보존지역과 같은 곳을 우선적으로 개선하면 좋겠다. 대구의 동성로 일대가 전주와 배선박스를 지하화하고 노점상도 정비해서 도시재생의 좋은 모델이 되고 있는 점을 보면 희망적이다. 이제 단순히 먹고 사는 문제에서 공동체의 가치를 추구하는 형태로 정책이 바뀌어 가면 좋겠다.

거리의 얼굴, 간판

내가 다니던 초등학교 길목에 작은 가게가 하나 있었다. 우리는 그 가게가 있는 언덕을 '돌챙이재'라고 불렀다. 그 가게는 위채와 아래채가 'ㄴ'자로 붙어 있는 남부지방에서 더러 볼 수 있었던 한옥구조를 가진 초가집이었는데 신작로를 향한 아래채의 쪽방에 과자를 쌓아 두고 팔았다. 아이들은 쪽방 바깥의 폭 좁은 마루에서 제비새끼처럼 방문을 들여다보면서 과자를 주문했다. 주인이 보이지 않을 때에는 "애~"하고 소리쳐 주인을 부르면, 부엌일을 하다 말고 중년의 여주인이 나와 행주치마에 젖은 손을 닦고 어린 손님들에게 무엇을 찾는지를 물었다. 전기가 없어 어두컴컴한 가게 안에는 과자를 진열해 놓은 철제 시렁이 있었다. 잘 팔리는 물건은 바닥에 늘어 놓아두었고, 잘 팔리지 않는 물건들은 꼰지발(까치발)을 서서 내릴 수 있을 법한 시렁의 위쪽에 쟁여두었다. 우리는 주로 그때 유행했던 라면땅 한 봉지를 사서 서너 명이 나눠 먹었다. 우리 동네는 산골에 있었고 집으로 가는 길도 꽤 멀었으므로 그 가게 앞을 지날 때면 시장기가 동했고, 빈 호주머니를 뒤져보아도 동전이 있는 경우가 거의 없었다.

우리 동네 사람들은 그 가게를 '돌챙이재 개코나집'이라 불렀다. '개코나집' 주인은 어른들끼리 얘기를 주고받을 때 '개코나'라고 말하는 버릇이 있었던 모양이었다. '개코나집' 주인은 우리들에게 모질게 상거래를 하지도 않았고 학교 가는 길목에 있었던 데다 어린이들의 기호에 딱 맞는 과자를 갖다 두고 팔아서 초등학교를 졸업할 때까지 단골로 이용했다.

돌챙이재 개코나 가게는 간판이 없었다. 농촌에서는 상거래가 번성하지도 않았고 가게들 간의 경쟁도 치열하지 않아 간판이라는 게 그다지 중요하지도 않았다. 학교, 면사무소, 우체국, 농협과 같은 공공건축물은 입구의 오른편에 돌이나 동판에 양각을 한 권위적 명패가 간판 역할을 했다. 그러나 상업시설은 '개코나집'처럼 간판이 없는 경우가 많았고, 있더라도 송판이나 함석에 페인트나 먹으로 네 글자의 정형적인 이름을 붙였다. 개코나집과 비슷한 구멍가게는 신작로를 따라 오 리에 한두 개씩은 있었지만 간판이 없는 경우가 많았다. 반면에 면사무소가 있는 상업중심지의 간판은 이발관, 다방, 약국, 반점 혹은 상회라는 이름을 붙이고 있어 제법 도회지 흉내를 냈다. 낯선 사람이나 면소재지에 나갈 일이 많지 않은 나 같은 산골소년은 간판이 있어야 부모님의 심부름을 제대로 할 수 있었다. 간판이 없는 가게를 찾기 위해서는 이곳저곳에 물어서 겨우 그 집을 찾아가기도 했다.

그러나 서로 잘 모르는 사람들이 모여 사는 도시에서는 물건을 사려면 간판부터 보아야 한다. 건축규제를 하거나 세금을 걷기 위해서도 간판이 필요하다. 상인들도 동종의 상거래를 좁은 지역에서 함께 하기 위해서는 간판경쟁을 해야 한다. 간판의 소재도 아크릴이나 플라스틱이 등장하고, 표현방식도 자유롭고 다양해졌다. 글자 수와 글자체에 변화를 주기도 하고, 외래어를 사용하는 경우도 보편화되었다. 컬러도 과감해졌다. 문형디자인이 등장하기도 했다. 소상공인 300만 시대라고 하니 도시의 상업용 가로는 간판경쟁을 넘어 간판전쟁을 하는 것 같다. 밤이 되면 역세권은 다양한 컬러의 네온사인이나 LED로 번쩍인다. 24시간 편의점은 밤새 불을 밝혀 놓는다. 샐러리맨들은 낮에는 일하기 위해 사무실로 향하고, 밤에는 소비를 위해 불빛 속으로 향한다.

오피스텔과 같은 복합용도의 건축물은 상업, 주거 그리고 사무실이 함께 어울려 있는 곳이라 소비공간과 주거공간이 결합되어 있다. 도시에서는 소비가 생활의 일부이고, 상업시설이 멀리 떨어져 있으면 불편하기도 하겠지만, 소비를 유혹하는 간판을 보면서 귀가하는 주거생활은 편할 것 같지 않다. '개코나집'과 우리 집과의 거리가 십 리 정도 되었는데, 이 복합용도의 건축물은 집이 가게를 깔고 앉아 있으므로 엘리베이터로

역사보존지구 안의 간판. 2012년 6월. 동경.

몇 십초 안에 가게에 도착한다.

　상업용 간판을 내건다는 것은 상인에게 주어지는 헌법상의 '표현의 자유'일 것이다. 그렇지만 과다한 표현의 자유로 인해 공공성을 해친다면 공공복리를 위해 제한되어야 할 일이다. 자기주장만 하면서 남의 권리를 침해해서는 안 된다는 뜻이다. 어쩌면 개별 건축물은 어느 정도 건축적 자유를 인정해야 한다 하더라도 상업지역이라도 거리는 시민들이 공유하는 공적공간의 성격이 있으니 상가마다 간판을 통한 자기표현을 절제할 필요가 있겠다는 생각이다.

〰 간판은 수요자와 공급자의 약속을 잘 표현하는 방식이면 좋을 것 같다. 표현을 하더라도 품격을 살려 더 세련된 기법을 쓰면 좋겠다. 이런 생각으로 보면, 꽃집은 장미꽃 한 송이로도 충분하다. 나아가 간판은 전체적인 토지이용 및 공공디자인과 함께 고려되어야 할 것 같다. 너무 남용되고 있는 외국어 사용도 자제하면 좋겠다. 상인회가 나서서 자율적으로 협정도 맺고 '좋은 간판 만들기 운동'도 하면 좋겠다. 그러면 도시가 더 경쟁력도 있고 편안해질 것 같다.

묘지의 공원화

어릴 적 할머니 무덤은 둥그런 모양새가 특히 아이들에게 친근감을 주었다. 양지바르고 건조한 곳에 있어서 따뜻했고 가을날 잔디색이 바래지면 마른 풀 위에 빈 폴리에틸렌 비료 포대로 미끄럼놀이를 하기에도 좋았다. 봄이 되면 할미꽃도 그곳에서부터 피기 시작했다. 그땐 그 자주색 할미꽃이 할머니께서 다시 살아나신 것이라고 생각했다. 할머니가 늘 우리 곁에 계신 것 같았다.

우리 마을에서는 산 자와 죽은 자가 함께 살았다. 부모님은 '돌아가신 할머니 할아버지가 청산에 누워계신다'고 했다. 그게 하늘나라에 있다는 것보다 이해하기 쉬웠다. 어른들 기준으로 교양이 없거나 게으른 아이들은 '조상님께 부끄럽지 않느냐'고 야단을 들어야 했다. 그렇게 선악을 감시하는 역할을 하시는 어른들은 돌아가셨어도 청산에서 산 자들을 지휘하셨다. 어렸을 때는 어른들은 눈물을 흘리지도 않고 모든 고통을 이겨낼 수 있는 특별한 감정 조절장치가 있는 줄 알았다. 그런데 때로 무덤은 삶에 지친 어른들을 위로해 주는 역할도 하는 것 같았다. 어떤 어른은 무덤에 가야 할 특별한 절기도 아닌데 무덤 옆에 와서 술을 따르고, 맥없이 풀을 뽑고, 돌멩이를 치우기도 했다. 한참이고 허공을 쳐다보다가 마음을 다잡고 돌아가는 모습을 보이기도 했다.

그때는 부모님을 위해 미리 관을 만들어 놓는 것을 효도로 여겼다. 그래야 오래 산다는 선한 믿음을 가졌다. 돌아가셨을 때 입고 갈 삼베옷을 부모님을 위해서 혹은 스스로를 위해 만들어 놓는 경우도 흔했다. 관을 준비하는 것은 큰아들의 몫이었는데 지금은 그런 관습이 사라진 지 오래다. 스스로를 위해 혹은 부모님을 위해 수의로 쓸 삼베옷을 챙기는 일은 어머니들의 몫이었다. 그 옷은 흔히 입는 옷이 아니어서 장롱 가장 깊숙한 곳에 보관하였다. 그리고 그 옷이 어디에 있다는 사실을 몇 번이고 큰딸이나 큰며느리에게 알렸다.

세상에 뜻대로 되는 일이 많지 않듯이 어머니는 "나가 느그 아부지보다 더 오래 살아야 느그 아부지나 느그들이 편할 것인디"라고 말하곤 했으나 아버지보다 한 해 먼저 세상을 떴다. 아버지는 어머니를 입관할 때 손등으로 마른 눈물을 닦았으며, 그것이 내가 딱 한 번 본 아버지의 눈물이었다. 어머니는 한평생 삶의 터전이었던 광양만, 절골 그리고 손

빈 벤치. 2015년 4월. 과천.

자 손녀들의 학교길이 내려다보이는 뿔당골(佛堂谷)에 묻혔다. 어머니를
하관할 때에 나의 아들은 "할머니, 하늘나라에서 오래 오래 사세요!"라
고 기도했다. 그 기도는 한없이 칭찬만 해주고 사랑만 해주던 할머니라는
존재는 지상에서든 영원에서든 오래 오래 살았으면 좋겠다는 찬사이자

염원이었다. 아들은 관 위에 국화를 얹고 흙을 덮는 일을 도왔다. 그렇게 청산에 묻힌 부모님은 명절 때마다 산등성이로 바쁘게 내려와 서울에서 오는 자녀들을 반갑게 맞이하는 것 같다. 둥그런 모양새의 산소에 들를 때마다 따뜻한 사랑의 메시지를 항상 듣는 것 같다.

어릴 적 무덤들은 마을에 함께 있었다. 논밭이나 산에 있었다. 마을 어귀에도 있었고 산봉우리에도 있었다. 그러니까 공동체의 생활공간에 죽음과 삶이 함께 있었던 셈이다. 건축가 정기용은 '무주 추모의집'을 설계하면서 '때로는 죽은 영혼이 일어나 자신이 살던 땅, 무주를 바라볼 수도 있는 장소, 그래서 옛날 뒷동산의 묘지들처럼 삶과 끈끈한 관계가 있는 납골당을 만들고자 했다'고 술회하고 있다. 그러한 생각으로 추모의집이 설계됨으로 인해 산 자들은 묘지를 혐오하지 않았을지도 모른다.

유럽을 여행하다 보면 성당 안에 수백 년 전 그곳을 지키던 신부들의 유골이 유리 캐비닛에 들어있는 것을 본다. 성당에 들어온 사람들은 그 유골을 보면서 숙연하고 진지하게 기도할 것이라는 생각이 들었다.

묘지에 대한 대안은 우리 사회의 인식을 바꾸면서 변화되어나가야 할 것이다. 스페인에 가면 역대 왕과 프랑코 총통의 무덤도 지하공간에 있다. 지상공간도 활용할 수 있고, 묘지에 대한 혐오감도 줄일 수 있을 것 같다. 시인 포우(E. A. Poe)의 묘지는 미국 볼티모어 시내에 있는데, 해마다 1월에 그의 탄생일을 기념하며 장미꽃을 바치는 행사가 관광자원화 되고 있다. 그의 묘지는 '문학가가 잠들어 있는 곳'이라는 이미

아버지 회갑연 뒤풀이. 1980년 12월. 광양.

지가 큰 것이다.

　　우리나라도 공동묘지를 묘지공원으로 이름을 바꾼 것은 좋은 변화였다. 이에 더하여 공원을 사서 기증하는 사람들에게 혜택을 주는 융통성을 발휘하는 것도 좋을 것 같다. 수목장을 전제로 한 공원을 만들어보는 것도 좋겠다. 땅을 정부가 제공하고, 분양받는 사람들마다 가장 사랑하는 나무를 심도록 하면 다들 좋아할 것이다. 이와 같은 형태의 묘지공원이라면 도시 한가운데 있더라도 사람들의 반대가 줄어들 것 같다. 삶과 죽음이 그다지 먼 거리에 있는 것이 아니라는 것을 깨달을 때 묘지문제는 많이 해소될 것 같다.

아침저녁으로 바람이 선선해지면서 청량사의 가을 산사음악회가 떠오른다. 세상에 대한 그리움과 연민을 추녀에 묻고 고즈넉이 서 있는 봉화의 크지 않은 산사인 청량사는 날씨가 건조한 가을에는 음의 파장이 꽤 멀리까지 갈 수 있는 해발고도에 위치하고 있다. 산사는 세상과 동떨어진 공간이라 그곳에서 듣는 음악은 도심에서 듣는 소리와는 다른 느낌을 준다. 저녁 무렵 시작되는 소리는 살아있는 것을 침묵하게 하고, 다시 살아서 돌아올 것을 일깨운다. 그리고 그 소리는 사람들의 눈과 입술과 손에 닿아 눈물로, 웃음으로 혹은 춤으로 다시 태어난다. 그래서 산사에서 듣는 음악은 그 자체가 설교 이상의 의미를 지닌다. 예토(穢土)에서의 번뇌가 달빛과 소리에 씻겨 온몸이 서늘해진다. 풀벌레도 음악에 맞취 합창을 한다. 자연과 사람이 하나 됨을 느낀다.

산사음악회로 인해 해마다 수만 명의 관광객이 찾아온다고 하니 일자리가 부족한 낙후지역에는 뜻있는 보시(布施)가 아닐 수 없다. 산사음악회 이외에도 갖가지 인문자연환경을 주제로 유사한 활동이 이루어지고 있다. 천문대, 등대, 숲 체험시설 등에서도 음악회가 열린다. 어떤 농촌지역에서는 풀벌레소리를 들으며 논둑길을 걷는 관광 상품이 개발되기도 하고, 경주에서는 문화재, 달빛, 국악 등을 융합하여 '달빛기행'을 열기도 한다.

굳이 이와 같은 프로그램을 찾아 나서지 않아도 우리 국토 어디든 음악적 감성을 느낄 수 있는 소재는 많다. 내 고향이 있는 남해바다에 봄이 오면 마법을 가진 따뜻한 바람이 청보리 밭을 덮히고 소나무 숲을 지나 언덕마다 동백, 매화, 유채를 피게 하고, 풀과 나무에 부딪히며 지상에서 가장 아름다운 음악을 연주한다.

우리 도시환경도 때로는 음악이 흐르는 공간이 된다. 지하철, 광장, 공원, 버스휴게소와 같은 공공 공간에서도 자발적으로 혹은 누군가의 후원 하에 음악행사가 열린다. 어떤 지역은 소리를 공공 구성요소로 삼아 도시의 정체성을 살리고 매력도를 높인다. 서울의 홍대 앞이나 마로니에 공원의 야외공연장은 음악공간으로서 인지도가 높고, 신사동이나 잠원동도 그 모습을 닮으려고 한다. 전주와 진도는 국악과 함께 한옥, 전통음식을 엮어 고품격 관광 상품화하고 있다. 서울 용산구는 지하도에 아름

길거리 악사의 연주 모습. 2006년 10월. 체코 프라하.

다운 음악이 흐르게 하여 행인들의 심리적 안정과 공격적 충동을 완화
시키는 방법으로 범죄예방 도시설계의 효과를 도모하고 있다.

　　어떤 형태의 음악이든 사람들에게 공감을 주고 공유될 때 문화가
된다. 요즘 지식인들이 얘기하는 창조도시도 이러한 문화와 불가분의 관
계가 있다고 본다. 이제는 도시가 개성, 감성, 창의성을 토대로 소통하고

발전하는 도시 르네상스의 시대이다. 이전 시대의 기본 패러다임이었던 권력과 정부는 뒷전으로 밀리고 그 자리에 시민들의 자율과 소통의 힘이 들어섰다. 사람들의 힘으로 도시의 틀이 짜이고 도시문화가 창조되고 있는 것이다. 음악이 도시문화를 형성하는데 중요한 요소가 되는 이유이다.

소리는 듣는 것에 한정하지 않고 시각적 환경을 통해 느낄 수도 있다. 체코의 프라하에서 스탈린의 잔재를 걷어 낸 자리에 음표를 상징하는 조형물을 세워 둔 것을 보았다. 과천시의 보행로 한 곳에는 악보와 피아노 건반을 그려놓은 곳이 있었다. 이곳을 걷다 보면 지나가는 사람들이 모여서 피아노를 치는 것 같은 흥겨운 기분을 갖게 된다. 아이들은 동요의 계명을 따라 건반을 누르듯 팔짝팔짝 뛰며 걷는다. 눈으로 보면서 느낄 수 있는 환경을 곳곳에 만들어 보았으면 좋겠다. 듣지 못하는 분들에게는 작지만 큰 배려가 아닐 수 없다.

무엇보다 가장 완벽한 소리는 자연이 만들어 낼 것이다. 개울물, 솔바람 등은 소리를 만들어내는 대표적인 자연적 소리환경이다. 도시를 만들고 가꿀 때 바람길, 물길, 소리길은 매우 중요하다. 건강하고 쾌적한 삶을 위해 필요한 기본적 요소들이지만 사람들의 창의성을 북돋는 소재들이기도 하다. 인공적 소리환경도 필요할 것이다. 거리의 악사들이 자부심을 가지고 연주하는 거리도 활성화할 필요가 있다.

음악가, 건축가 그리고 도시계획가가 함께 참여해서 도시를 설계해보도록 하는 것도 괜찮을 법하다. 음악가의 청각과 감성으로 도시를 해석하면 색다른 도시가 만들어질 것 같다는 생각에서다. 도시 곳곳에 음악적 환경이 조성될 것이다. 소리를 제어할 수 있는 통로와 광장을 만들 것이고, 건물과 건물을 배치할 때에도 거장이 지휘하듯이 높고 낮음, 넓고 좁음을 설계할 것이다. 사람들이 그러한 거리를 걷고 건물에서 생활하면서 음악의 선율을 느끼고 음악을 통해 연주자와 관객이 호흡하는 거리를 만들 것이다. 늦은 밤 기타를 조율하는 사람들을 위해 전화로 기준 음을 들려주기도 할 것이다. 클래식이 있는 프라하처럼, 재즈가 있는 뉴올리언즈처럼.

피아노와 바이올린 중심의 서양음악도 좋겠지만, 우리의 핏속에 흐르는 국악이 우리 삶에 더 가까워지도록 국악의 거리를 만들자. 그 장소성을 관광 자원화하고, 전통음악을 다시 살려 우리에게 잠재되어 있는 창의적 주파수대역을 일깨우도록 하자. 음악을 전공한 청년들을 위해 시청마다 공기업마다 공중음악가를 더 많이 활용하도록 하자. 그러면 사람들이 보다 음악에 친숙해지고 서로가 더 다정해질 것이다. 도시에서의 삶이 더 행복할 것이다.

- 월간사진예술, 2011년 10월호.

들
꽃
이

피
고

지
는

일전에 경주 한 고택주인이 찔레꽃 사진과 '찔레꽃' 노랫말을 핸드
폰으로 보내왔다. 투박한 갈색 질그릇에 담긴 하얀 꽃의 소박함이 광목
치마저고리를 깔끔하게 차려입은 우리시대의 누이나 어머니 모습 같았
다. 농촌의 여름은 찔레꽃이 피는 계절이다. 농촌이 고향인 사람들은 찔
레꽃의 순한 향기와 함께 부드러운 단맛이 나던 찔레꽃 줄기에 남다른
향수를 가지고 있을 것이다.

도시에서 보는 외래종이나 개량종 꽃에 비해 농촌 들꽃은 자연 그
대로도 아름답다. 농사짓는 사람이 줄어들고 고령화되다 보니 농촌지역
에는 눈에 띄게 빈 들이 많아지고, 그 들녘에는 들꽃이 한창이다. 들꽃
은 해질녘에 달리는 차창으로 내다볼 때 더욱 기이(奇異)하다. 너른 들

판의 하얀 꽃들은 초록배경 속에 번지듯이 스치고 지나간다. 차창에 붓을 빠르게 터치하는 것과 같다. 느린 바람과 들꽃이 어우러진 여름밤의 들판 또한 신비하다. 광활한 들판에서 참 자유를 갈망하는 춤사위를 보는 것 같다. 그 움직임은 무겁지도 않고 결코 가볍지도 않다. 이제는 만날 수 없는 사람들, 보고 싶은 사람들이 모두 모여 즐거운 표정으로 함께 춤을 추는 것 같다.

여행을 통해서 느끼는 들꽃의 아름다움도 크다. 북아메리카를 여행할 기회가 있다면 여름날에 미국 캘리포니아부터 캐나다 브리티시 컬럼비아를 거쳐 알래스카까지 몇 날이고 달려보길 권한다. 캘리포니아 구간의 도로를 가다 보면 바위 위에 부딪치는 파도, 푸른 하늘에 점점이 떠도는 구름, 그리고 길가 어디에든 파랗고 노랗고 하얀 들꽃들을 보게 된다. 여름이지만 시원한 날씨 속에서 이러한 광경은 눈과 가슴을 시리게 한다.

옐로우스톤이 있는 와이오밍주의 구릉지에 피어 있는 파란색 꽃들도 장관이다. 캐나다 브리티시 컬럼비아는 만년설을 배경으로 한 노란 민들레가 아름답다. 그러다가 빅토리아로 건너가면 한때 광산(鑛山)이었으나 지금은 꽃 천지인 부처드 가든(Butchart Gardens)을 본다. 그렇게 알래스카까지 올라가면 식물이 자라기에 제약이 있는 위도(緯度)지만 길섶의 다홍색 들꽃들이 오지를 여행하는 사람들의 피로함을 씻어준다. 특히 데날리(Denali) 국립공원을 가다 보면 사방이 허허로워도 들꽃, 만년설, 갈색 곰 등이 볼거리를 준다. 들꽃과 황무함 그 자체도 관광

의 테마가 되는 것 같다.

　우리네 도시인들은 때로 여행을 통해 바람에 날리는 들꽃처럼 세상 살이의 끈을 한 순간 놓아보는 것도 좋을 것 같다. 여행은 나를 발견하는 과정이고 내 마음의 들꽃 한 송이를 찾으러 떠나는 순례(巡禮)인지도 모른다. 오랜 여행 중에 해가 지고 들판 한 가운데에 있는 민박집에서 하룻밤을 머문다면 생각도 깊어지고 삶의 시름도 많이 덜어낼 수 있을 것이다.

　우리나라에서도 관광수요가 늘면서 지역마다 들꽃을 주제로 계절에 맞는 꽃길 만들기 사업이 유행 아닌 유행이다. 부산광역시가 그렇고

전남 구례군도 그렇다. 이러한 움직임은 '슬로우 시티(slow city) 운동'이 수입되고, 올레길이나 둘레길 같은 걷기운동이 확산되면서 더욱 번지고 있다. 지역 역사문화, 길 그리고 들꽃을 테마로 갖가지 프로그램이 개발되어가는 추세이다. 사이버 상으로도 들꽃을 주제로 하는 블로그의 인기순위가 높다. 이러한 모습들을 보면 사람들이 문명에 지쳐 자연으로 되돌아가고 싶어 하는 것 같다. 들꽃처럼 살고자 하는 것 같기도 하다.

자동차로 달리는 길가에서 보는 꽃도 외래종보다는 토종 야생화가 더 정겹고 친근하다. 우리 강산에는 갈 봄 여름 없이 꽃이 피고 지고 있지 않은가? 계절이 지나면 질 줄도 아는 꽃을 심는 것은 의미가 있을 법하다. 오랫동안 우리와 함께 살아온 우리를 닮은 들꽃들이 우리 강산에 만발했으면 좋겠다.

✿ 들꽃사진을 찍는 것은 흥미도 있지만 삶에 주는 메시지도 크다. 우선 욕심과 권위를 버려야 한다. 그러니까 평소 취하지 않던 기묘하고 낮은 자세로 뷰파인더를 보아야 한다. 무릎을 꿇을 준비를 하고, 대개는 피사체와 카메라의 수평을 맞추고, 나보다 꽃을 중심에 둔다. 그런 자세로 좋은 빛이 올 때까지 기다려야 한다. 이러한 과정을 통해 자신을 낮추면 아름다운 것이 보인다는 진리를 되새긴다. 서서 다닐 때는 보이지 않던 작은 꽃들도 당당한 아름다움으로 홀로 존재하고 있음을 본다. 더불어 사는 것이 아름다운 모습도 깨닫는다. 누가 돌보지 않아도 바람

과 비가 키운 들꽃의 값어치를 배운다.

- 월간사진예술, 2011년 8월호.

미래세대를 위한 도시환경

우리 마을의 산야(山野) 곳곳은 아이들에게는 어울려 뛰어노는 놀이터였다. 광장이나 운동장처럼 평지가 아니었지만 나는 고무신을 신고도 조붓한 논길과 산길을 넘어지지 않고 아주 빨리 달렸다. 저수지나 도랑은 수영장이었다. 모든 짐승들은 반려동물이었고, 계절별로 산에 들에 피는 꽃은 나의 정서적 양분이었다. 어릴 적 마을친구들은 사소한 다툼이 있어도 물리적 폭력으로까지 이어지지 않았다. 뛰어 놀다보면 가족과 친구들 간의 불편했던 감정이나 화나던 마음도 해소되곤 했다. 자연속의 공간들은 갈등이 증폭되지 않게 하고 일탈을 막는 방어막 구실을 했던 것 같기도 하다. 요즘에는 도시를 떠나 자녀들의 교육을 위해 농촌으로 떠나는 사람들도 있다. 이유야 많겠지만 농촌환경이 갖는 이같은 장점이 있기 때문일 것으로 본다.

도시아이들이 뛰어노는 공간은 답답하게 느껴질 때가 많다. 아파트 단지는 높이 솟은 건물, 상가 그리고 주차장이 눈에 띄는 전경이다. 밖으로 눈을 돌리면 조그만 근린공원들이 있지만 운동시설, 의자 그리고 나무들이 빼곡히 박혀있는 게 전부다. 청소년도 아파트의 구성원임에 분명한데 청소년에게 적합한 활동공간은 빈약하기 그지없다. 그래서 게임방이나 노래방 같은 상업시설로 내몰려 있거나 스마트폰에서 눈을 떼지 못하고 있는 청소년들을 흔히 본다.

정부대표단 일원으로 2011년 4월 중순경 케냐 나이로비에서 열린 유엔 인간정주위원회(UN-HABITAT) 제23차 회의에 다녀온 적이 있다. 세계 각지에서 모여든 공무원, 시민단체 대표들은 회의를 마치면서 도시빈민, 자연재해, 지방분권 그리고 도시청소년에 관한 주제 등이 포함된 18개 안건을 채택했다. 이러한 주제들은 많은 지구촌 국가들이 경험하고 있어서 공감하고 있는 사회문제이기 때문이다.

회의를 통해 도시정책이 어느 나라를 막론하고 사회문제와 동떨어져 있지 않다는 것을 다시 한 번 확인할 수 있었다. 그중 우리나라의 경우 도시정책의 관심을 받지 못하고 있는 대표적 영역이 범죄문제 특히 청소년비행이 아닌가 한다. 범죄는 심각한 사회문제이고, 도시계획은 이와 같은 사회문제를 해결하는 수단 중의 하나이다. 그러므로 도시를 계획함에 있어서는 범죄와 친하지 않는 환경을 만드는 것이 무엇보다 중요하다. 그러나 우리나라 학계나 정부 안에는 이같은 인식이 확산되어 있는 것 같지 않다. 예방적 차원에서 사회문제를 접근하려는 인식이 부족하고, 지자체와 지방경찰 간의 도시 계획적 협력도 미흡해 보이며 도시설계·건축학·사회학·심리학·사회복지학 등 관련 학제 간 협력 또한 원활한 것 같지 않다.

지금은 도시의 확산보다 도심활성화 과제가 대두되는 시기이다. 그 일환으로 도심에 혼합용도를 허용하고 있는 것이 대세이다. 그런데 규제완화라는 것이 경제적으로는 효과가 있을지 모르지만 사회적으로는 비용을 초래하는 경우가 허다하다. 일례로 한 건물에 모텔, 목욕탕, 이발소, 노래방, 독서실, 종교시설 등이 뒤섞여 있고, 학원과 술집이 층을 달리하고 있긴 하지만 한 건물에 있어서 중학생과 취객이 같은 엘리베이터를 타기도 한다. 청소년을 위한 공간이라기보다 청소년을 이용하여 영리를 얻고자 하는 공간만 늘어간다. 이처럼 청소년들이 위험한 환경에 그대로 노출되는 것은 청소년을 보호해야 하는 책임을 사회가 소홀히 했기 때문이다. 특히 지역사회의 결속력이 느슨하고 정부와 주민 간의 대화채널이 원활하게 작동되지 못하는 경우에는 이러한 현상을 막기가 더욱 어렵다.

선거 때마다 느끼는 생각인데 범죄예방도시를 만들겠다는 공약은 잘 보이지 않는다. 더구나 청소년을 위험한 환경에서 보호하고 비행의 위험성을 줄일 수 있는 도시를 만들어 보겠다는 선거공약은 찾아보기가 쉽지 않다. 표심에 민감한 지역정치 현실에서 그것은 아마도 청소년이 아직

케냐 나이로비에서 열린 유엔 인간정주위원회(UN-HABITAT) 제23차 회의. 2011년 4월.

유권자가 아니기 때문인지도 모른다. 청소년을 위한 도시공간을 늘여 나가자. 미래사회의 안정성도 희망도 그에 비례하여 커질 것이다.

　도시계획에서도 미래세대를 위한 공간을 마련하는 것이 포함되어야 한다. 비행예방을 위한 여건을 조성하는 일에 도시계획적 접근이 필요하다. 범죄예방이라고 하면 CCTV를 먼저 떠올리듯이 지금까지는 범죄예방을 위한 물리적 접근, 범죄예방형 건축설계가 주목되어왔다. 이제 우리에게는 범죄예방을 위해 사회적 환경과 물리적 환경이 조화를 이루는 도시공간 창출이 필요하다. 사회학자이면서 지역사회계획가로 유명해진 페리(C. A. Perry)는 이미 1930년대에 「기계화된 시대의 주거」라는 책에서 청소년비행을 막기 위해서는 자유로이 뛰어놀 수 있는 뒷마당을 가진 주택을 공급해야 한다고 했다. 덴마크는 아이들이 하루 다섯 시간 이상을 밖에서 놀도록 의무화하고 있다고 한다. 「미국 대도시의 죽음과 삶」이라는 책을 통해 도시계획의 새로운 관점을 제시한 제이콥스(J. Jacobs)는 거리에 대해 주민들의 활기찬 활동공간으로 만들 필요가 있다고 했다. 페리와 제이콥스가 꿈꾼 도시는, 사회적 교류가 활성화될 수 있는 공간에서 구성원들의 소통이 원활히 이루어지고 청소년들을 위한 공간도 확보하면서 성장하는 도시였을 것이다.

〜〜 미래세대를 배려하는 도시환경이 조성되면 좋겠다. 청소년을 위한 건전한 활동공간을 더 많이 만들어줄 필요가 있다. 그렇게 공간의 사회적 의미를 끊임없이 고민하는 도시계획을 수립할 필요가 있다. 상호 소통하고 지역사회 자체적으로 문제를 해결해 나가는 자기조정적 도시 생태계를 만들어 나갈 필요가 있다.

- 광주일보, 2011년 4월 29일.

닭 키우는 아들과 아버지

어느 봄날 초등학교 다니는 아들이 학교 앞에서 병아리 두 마리를 사가지고 왔다. 아들의 마음을 생각해서 햇볕이 잘 닿는 곳에 라면상자를 구해 병아리를 넣고 천 조각으로 이불을 만들어 주었다. 작은 접시에 쌀을 으깨서 먹이를 만들어 주고, 작은 컵도 구해서 물도 먹게 했다. 개나리색의 보드란 털을 가진 병아리가 삐약 삐약 소리를 낼 때마다 온 가족이 들여다 볼 정도로 귀여움을 독차지 했다. 그러나 며칠을 지나지 못하고 꾸벅꾸벅 졸기 시작했다. 아들이 상처를 받을 것을 걱정해서 극진히 돌보고 항생제까지 사다 먹였지만 살아나지 못했다. 그리고 여름이 오면서 병아리에 대한 기억은 멀어졌다.

그로부터 몇 년 후 용케 마당이 있는 집으로 이사를 갔다. 이사를 가기 싫어하는 아들을 설득하기 위해 닭을 키우겠다는 약속까지 했다. 고향에 내려갈 일을 만들어 오일장에서 이제 막 병아리 수준을 벗어난 어린 닭도 샀다. 이어 안마당 담벼락 자락에 닭장을 만들었다. 종이상자로 에워싸고 덮개를 만든 다음 막대기로 고정시켰다. 그리고 앞부분에 작은 문을 만들어 물과 모이를 줄 수 있도록 했다. 아들은 닭을 키우는데 필요한 정보를 얻을 수 있는 책을 사달라고 했다. 그러나 시내 대형서점을 다 뒤져도 찾을 수 없어 농촌진흥청을 통해 대형 양계장에서 사용하는 보급용 서적인 「양계」라는 책을 구했다. 그 책은 닭의 종류, 양계방법 및 닭의 질병 등에 대해 다루고 있었다. 아들은 그 책을 골똘히 읽었다.

어느 날 아들은 닭에게 줄 지렁이를 잡으러 가자고 했다. 그래서 아들과 나는 지렁이를 잡는데 필요한 삽, 종이컵 및 나무젓가락을 들고 가까운 산으로 향했다. 습기가 많고 나뭇잎이 덮여있는 곳에는 영락없이 지렁이가 있었다. 특히 수탉이 지렁이를 좋아했고 지렁이를 먹고 자란 닭은 우람했다. 그런데 성계(成鷄)가 되면서 예측하지 못한 문제가 생겼다. 어느 새벽에 조용하던 닭장에서 수탉이 울기 시작했다. 처음엔 저음으로 울기 시작하더니 목청이 트이자 크고 길게 소리 내어 울었다. 조용한 주택가인지라 주위에 있는 집들에서 들릴까 걱정되어 나와 아내는 닭이 울기도 전에 미리 깼다. 스스로를 죄인처럼 여긴 우리에게 닭울음 소리는 실제보다 크고 시끄럽게 들렸다.

초조함과 미안함으로 새벽을 맞은 지 일주일이 지났다. 잠까지 설쳐서 사무실 업무까지 영향을 초래하기 시작했으므로 대책을 심각하게 고민하지 않을 수 없었다. 상가 모퉁이에 있는 작은 동물병원에 가서 '장닭이 울지 않기 위해서는 어떻게 하면 되겠느냐'고 물었다. 주인은 '성대를 수술해야 한다'고 말했다. '그러면 우리 닭 성대를 좀 수술해줄 수 없겠느냐고' 부탁했는데 자기들은 '개는 몰라도 닭은 해본 적이 없다면서', '서울대공원에 물어보라고' 말했다. 서울대공원 조류담당부서에 전화를 해서 '닭을 기증하겠다'고 했더니 '가정집에서 키우는 닭은 취급하지 않

봄볕을 맞으러 마당에 나온 닭들. 2016년 5월. 안양.

는다'고 했다. 애초에 공공기관인 서울대공원에까지 전화를 해서는 안될 일이었지만 애가 탄 아내는 사정을 한 모양이다.

이번에는 조류를 많이 키워 본 적이 있는 조류 애호가에게 자문을 구했다. 그는 '조류는 어두우면 활동하지 않는다'는 조류의 행태특성을 알려주었고 그 힌트에 입각해서 닭이 울기 30분 전에 닭장에서 닭을 꺼내서 차고 안에 넣고 철제 셔터를 닫았다. 그러나 그것도 헛수고였다. 시간이 되자 닭이 울기 시작했고 공명(空鳴) 때문에 오히려 소리의 파장이 더 컸다.

새벽에 차고에서 닭을 다시 꺼내들고 나오는데 머리가 하얀 앞집 할머니가 물끄러미 우리를 바라보고 있었다. 이른 새벽에 하얀 모습의 할머니를 보고 깜짝 놀라기도 했지만, 분명히 우리를 꾸짖기 위해 기다리고 있었다고 생각했다. 선제적으로 할머니께 '닭이 시끄럽게 해서 미안하다'고 사과부터 했다. 그런데 할머니는 '걱정말라'고 하면서, 간명하면서도 설득력 있는 말로 우리를 안심시켰다.

옛날에 소를 키우다가 잡아먹으려고 하니 '당신 집일을 해줬는데 왜 잡아먹으려고 하느냐'고 하고, 개를 키우다가 잡아먹으려고 하니 '당신 집을 지켜줬는데 왜 잡아먹으려고 하느냐'고 하고, 키우던 닭을 잡아먹으려고 하니 '당신 집 시간을 알려줬는데 왜 잡아먹으려고 하느냐'고 했대요.

이웃집 할머니의 위로에도 불구하고, 우리는 닭 울음소리로 인해 이웃주민들에게 미칠 피해를 스스로 견디지 못한 나머지 근처에 사는 친구에게 닭을 주기로 했고, 이로써 닭을 키우던 일은 일단락되었다.

반려동물 1천만 시대라고 한다. 거의 집집마다 반려동물이 있는 셈이다. 학교에 따라서는 아이들의 정서순화를 위해 운동장 한쪽에 토끼와 닭을 키우기도 한다. 국회에서는 국회의원들이 나서서 '동물복지 국회포럼'이라는 것을 만들기도 했다. 동물과 사람들이 공생하는 세상이라는 것을 정치권에서도 인식하고 있는 것 같다

이런 정책 환경에 적응하기 위해서는 아파트를 설계할 때 반려동물과 함께 거주할 수 있도록 하고, 도시마을을 설계할 때에도 동물들과 사람들이 서로 불편하지 않게 반려동물 놀이터를 따로 구상할 필요도 있겠다. 보다 청결하게 분뇨를 처리하고 반려동물을 관리할 수 있는 정보체계도 강화하며, 보험도 정비하고, 반려동물 장례시설을 정비하는 노력 또한 필요한 때가 된 것 같다. 무엇보다 자연은 인간만이 주인이 아닌 '자연을 구성하는 모든 생명체가 공존하는 곳'이라는 인식이 중요하다.

남해바다를 바라보며

초등학교나 중학교 때는 산등성이 제법 넓은 구릉지를 찾아서 소풍을 가곤 했다. 당시에는 높은 건물이 없어 시야가 사방에 트였으므로 가는 곳마다 남해바다가 보였다. 이순신 장군의 해전지(海戰地)를 바라보는 자부심도 컸다. 그러나 지금에 와서 보면 연안관리가 썩 좋은 평가를 받기 어려울 것 같다. 내륙 도시를 닮은 고층아파트가 바다를 가리고, 방파설비까지 제거하면서 바닷가 가장 가까운 곳에 아파트를 지어 해안경관이 갖는 역사성과 심미성이 많이 훼손되고 있다. 개발이 제한된 지역들의 규제가 풀리면서 대책 없이 훼손되어간다는 우려도 있다.

그리스나 스페인 같은 유럽 해안은 경관을 고려한 절제된 토지이용과 다양한 형태의 마리나가 예술작품을 방불케 한다. 스웨덴의 수변도시

함마르비는 경관을 중심으로 한 녹색도시를 지향한다. 미국 동부 체사피크 만(Chesapeake Bay)은 여러 지자체가 환경, 경관, 레크리에이션을 함께 조화시킨 협력계획을 수립하고 있다. 이 모두 자연을 존중하면서 아름답게 살아가려는 모습들이며, 우리의 연안관리에 던지는 의미가 크다.

캐나다 브리티시컬럼비아대학교는 캠퍼스 자체의 건물밀도나 높이도 잘 관리하고 있지만 해변구간을 시민들에게 개방하고 있다. 캠퍼스는 바닷가에 자리 잡고 있는데, 바다 쪽 연안에 스페니쉬 뱅크 이스트(Spanish Bank East)라는 공원이 있다. 그 공원은 캠퍼스 같기도 하고, 도시공원 같기도 하다. 한때 정부가 관리하던 해군기지를 주정부가 이양받아 주립공원으로 관리하고 있는 곳이기도 하다. 이 대학 캠퍼스에 들어서면 바다경관이 모두가 즐겨야 할 공유자원이라는 생각을 확인하게 된다. 주립대학 부지에 공원을 만드는 생각은 주정부, 대학교, 시청이 시민을 위해 함께 생각하고 양보하는 분위기 속에서 가능했을 것이다. 이와 같은 집단지혜로 인해 바다경관은 잘 보전되고 있으며, 이 공원에서 대학생들과 시민들은 일상생활에서 쌓인 시름을 자유롭게 달래고, 여가를 즐기며, 미래를 설계한다. 브리티시 컬럼비아가 아름다운 또 다른 이유이다. 우리도 바다경관이 사유화되지 않도록 했으면 좋겠다. 그래서 경관이 주는 좋은 외부효과를 더 많은 사람들이 누릴 수 있도록 해야 할 것이다.

물은 토지이용에 있어 매우 중요한 요소이다. 시각적 아름다움을 주고, 레크리에이션도 가능하게 해 준다. 사람과 물건의 수송로 역할을 한다. 인간에게 유익한 자원을 제공하고 생태적 보호가치 또한 크다. 바다는 그 자체로 공공적 가치가 큰 셈이다. 그러나 우리 바다와 해안은 계획적 보전보다 개발이익을 앞세운 논리에 밀려 무계획적 이용에 치중하고 있는 것 같다. 자연해안선과 갯벌은 계속 감소하고 있다. 지금에라도 국토연안의 숨겨진 가치를 재조명해 국토품격도 높이고 지역의 활로를 모색하는 자세가 중요하다.

우선, 연안에 대한 체계적 경관 관리가 필요하다. 경관은 한 번 훼손되면 복구하기가 어렵고, 단기간에 완성되지 않는다. 지역사회의 이해를 구하고 함께 가꾸어 나가야 지속가능하다. 연안습지의 보전을 통해 국제적 생태관광지로 거듭나고 있는 순천만은 좋은 본보기이다. 경관생태자원을 통해 지역발전, 소득향상, 이미지 제고 등의 효과를 가져오고 있는 것이다. 정부가 콘크리트 인공구조물 중심으로 이루어지던 해안정비를 자연특성에 맞게 환경 친화적으로 정비하는 지침을 제시한 것은 잘한 일이다.

바다에 인접한 둘레길도 레크리에이션 욕구를 건전하게 충족시키는 일에 활용될 여지가 크다. 문화적 호기심을 가진 여행객들은 도보 여행길을 선호하는 경향도 있다. 남해안의 아름다운 풍광과 잔잔한 바다는 해안길 탐방이나 해양레포츠를 위해서도 참 좋은 입지이다. 산업단지 못지않게 자연자원을 크게 훼손하지 않고서도 경제적 가치를 창출할 수 있는 잠재력이 우리의 바다에 충분히 있다. 낙후지역의 발전을 견인

브리티시컬럼비아대학교 안의 시민공원. 2009년 8월. 캐나다 밴쿠버.

할 수 있는 소재이기도 하다.

　지역발전 자원으로서 섬의 재발견도 필요하다. 섬은 강, 산, 내륙과 함께 색다른 방언과 풍속을 가진 문화권을 이룬다. 그러나 정부가 '무인도서관리 종합계획'을 수립하기 전까지는 섬에 대한 현황파악이나 실태조사마저 제대로 이루어지지 않았다. 두바이는 부동산개발의 부가가치를 높이기 위해 인공 섬을 만들기도 했는데 우리는 자연이 만들어 준 섬도 제대로 활용하지 못하고 있는 셈이다.

꿈 우리나라 서남해안의 섬들도 개발과 보전을 조화시킬 수 있는 전략을 찾고, 수준 높은 문화체험의 장으로 발전되었으면 좋겠다. 특히 전라남도는 2천여 개의 특색 있는 섬들을 활용하여 차별적인 관광전략을 추진할 수 있을 것이다. 연육교나 연도교 중심의 토목공사보다 자연 훼손을 최소화하면서 이동수요를 충족시키는 근거리 위그선, 수상비행기 도입도 검토될 수 있을 것이다. 알래스카에서 자연보전을 위해 비포장도로를 유지하고, 바다와 산을 연결하는 소형 비행기를 활성화시키고 있는 것도 참고할 만하다.

- 광주일보 2011년 6월 24일.

재건축, 잃는 것과 얻는 것

도시 재건축은 어떻게 하는 것이 도시마을 사람들이 행복해지는 것인지를 깊이 생각하여 결정했으면 좋겠다. 내가 살던 도시마을은 우리나라 도시의 발전과 해체의 모습을 그대로 보여주었다. 정비사업 대상이 되었지만, 재건축하기 이전의 건축물들의 모습은 수십 년에 걸쳐 지어지고 고쳐져서 마치 근·현대 건축박물관 같았다. 주택의 유형으로는 단독주택, 다가구와 다세대, 연립주택, 아파트가 혼재되어 있었다. 준주거지역이어서 마을길을 따라 상업시설이 즐비했고 주거와 상업이 혼용되는 경우도 있었다. 시장을 중심으로 양복, 피혁(皮革) 및 전자제품을 만드는 중규모의 공장이 일자리를 제공하고 있었다. 240여 개의 점포 절반 이상이 세입자였는데 대부분이 소상인들이었다. 그러니까 식당이 가장 많았고, 노래방과 옷가게 같은 서민들이 소비할 수 있는 장소가 뒤따랐다. 인근의 아파트에 거주하는 학생들을 위해 학원, 안경점, 서점 등도 있었다.

그런데 인근에 대형마트가 들어서면서 마을 중심에 있던 재래시장이 뒤뚱거리다 쓰러졌다. 대형마트가 주변의 아파트를 대상으로 거의 모든 생활용품을 가져다 파는 헤비급 선수라면, 재래시장은 단독주택 위주의 전통적 수요를 충당하던 플라이급 선수였다. 대형마트가 들어오면서 시장상인들이 중심이 되어 오일장을 열어보기도 하고, 가게의 모양을 바꿔보기도 했지만 날이 갈수록 매출이 줄어들자 그만 문을 닫아버렸고, 시장으로 오가던 사람들을 상대로 먹거리를 팔던 가게주인들도 떠났다. 그래서 시장 안쪽은 거의 30년 전의 전화번호를 내 건 간판이 먼지에 덮여 있었다.

또한 인근에 아파트가 들어서면서 이 재건축단지는 아파트에 필요한 상업용 시설들이 들어 왔다. 체력 단련장, 요구르트 대리점, 과외학원, 애견센터, 식당, 노래방, 맥주집, 마트, 편의점, 이발소, 약국, 병원, 안경점, 사진관, 커피숍, 달걀도매점 등이 그것들이다. 단독주택이 밀집되어 있던 곳이라 집을 수리할 일이 많아서인지, 집을 고치는 용도의 가게들이 10여 군데나 있었다. 임대료나 위치를 감안해서 입지하기 딱 좋은 골동품 가게도 하나 있었다. 어떤 날에는 권리금은 받을 수도 없었지만 이사비용이 터무니없이 부족하다는 이유로 120여 상가세입자들이 길거리에서 시위를 하는 걸로 봐서 상가세입자들은 떠나기를 꺼려하는 것 같았다.

도시마을 담장에 벽화를 그리고 있는 대학생들. 2014년 7월. 안양.

도시정비사업이 시작되기 전, 철거를 앞두고 있는 마을의 구석구석을 돌아다녀 보았다. 우리 도시의 근·현대화 과정에서 겪었을 몸부림의 흔적들이 선연하다. 집집마다 심은 나무를 보니 눈이 아리다. 오래 전에 사람들이 떠난 공터에는 피마자, 호박, 해바라기, 대마가 군데군데 여름을 즐기고 있다. 인동넝쿨은 오래된 단독주택의 온 벽을 감싸고 있다. 몇 군데에는 시집 갈 나이가 넘은 오동나무가 아직 푸르다. 마을이 좁다보니 골목이나 집 앞에는 화분을 이용해서 화단을 만들어 놓았다. 화분에는 고추, 상추, 방울토마토 등 먹을 수 있는 식물들이 무성하다.

아파트단지가 아니므로 진돗개처럼 마당에서 키울 수 있는 개들이 더러 보였고, 장닭이 홰를 켜는 소리도 흔히 들렸다. 텃새들의 터전도 되었다. 봄이 되면 제법 개체수가 많아진 직박구리가 찾아왔고, 참새는 지붕과 처마 사이에서 부화했다. 아주 간혹 어치(산까치)도 찾아와 먹이를 먹고 돌아갔다. 마당에 대나무와 산수유를 심어둔 탓에 우리 집 마당의 여름 아침은 새소리로 시끄러웠다.

아직 버리지 못한 전통의 흔적은 대형마트와 24시간 편의점의 공격에도 불구하고, 아파트 주민들의 수요를 충족하고 있었다. 솜틀집, 떡집, 참기름 집, 혼수 방, 보신원, 옷 수선, 중고물품, 새우젓, 실내포장마차, 의상실, 양품점, 이불집, 서예학원, 기원, 목욕탕, 탁구클럽 등은 손님은 적어도 고정 고객이 있는 것 같았다. 시장 근처에서 행상을 했을 법한 아낙네들이 골목 한쪽에서 마늘, 고추, 부추, 상추 등 반찬거리를 마트보다 훨씬 값싸게 팔고 있었으며, 이들은 이문에 관계없이 즐겁게 세상일을 얘기하고 있었다.

주택 재건축은 소유자 위주였고, 한때 더불어 살았던 세입자들은 빈손으로 떠나야 하는 해체과정이었다. 소유자 역시 아파트를 얻는 대가로 익숙하던 풍경을 버려야 했다. 토지의 가치에 비해 건축물의 가치가 터무니없이 낮게 평가되는 모순도 가지고 있었다.

몇년 후 이 지역은 최대 37층 높이의 아파트로 변할 것이다. 개울 건너에 30년 가까이 지난 신도시가 있고, 이 도시마을을 에워싸고 있는 아파트단지의 모양을 닮은 단지가 또 만들어질 것이다. 그리고 상가에는 부동산 중개사, 편의점, 약국, 병원, 반찬가게, 빵집, 카페, 세탁소 등이 들어 설 것이고, 근대와 현대를 이어 온 상업시설인 떡집, 기름집, 혼수방, 솜틀집, 전파사 등은 이 지역에서 완전히 떠날 것이다. 집을 수리하던 가게들도 다른 지역을 찾아 헤맬 것이다. 수십 년 동안의 도시발전과정에 완충역할을 했던 '시장이 있는 도시마을'이 사라지고 남는 것은 무엇일까? 주거안정에 기여하고자 하는 재건축의 본래 목적을 잘 살릴 수 있도록 지혜를 모을 일이다.

딸이 담벽에 그린 그림, 아들의 매미 통(오른쪽 초록색)을 버리고 이사를 해야했다. 2017년 7월. 안양.

234 제2부 | 꿈을 담은 도시 이야기

에필로그 ― 희망의 도시로

우리가 살아 왔고 앞으로도 살아갈 도시는 많은 긍정적인 기능을 가지고 있다. 「도시의 승리」를 쓴 글레이저(E. Glaeser)는 도시가 갖는 교육, 취업, 문화, 빈곤극복 등의 긍정적인 기능을 강조한다. 그러나 도시화가 「오래된 미래」에서 말하고 있는 것처럼 공동체 문화와 같은 '돈으로 살 수 없는' 귀중한 것들을 잃게 하고 있는 것은 아닌지 되돌아 볼 일이다. 그런 의미에서 2016년 유엔 해비타트 회의에서는 앞으로 20년을 이끌어 갈 도시이념으로서 '포용성'(빈부, 인종, 연령, 성별 등의 아우름)과 '회복탄력성'(자연재해, 재난 등 충격의 신축적 회복)을 제시한 것은 의미 있는 일이다.

그런 맥락으로 고향마을을 떠나 도시생활을 하면서 평소에 느꼈던 점을 반추하여 내가 바라는 가치에 대해 몇 가지 생각을 정리해 보았다.

느리더라도 함께 달리기

사람들은 도시에서 빠름을 미덕으로 여기며, 경쟁하듯 살아가는 것 같다. 그래서 '이기는' 것과 '살아남는' 것에 열중하고 있는 것 같다. 그런 도시에서의 삶이 행복한가? 1999년 이탈리아의 한 소도시에서 슬로우 시티(slow city) 운동이 시작됐고 형태를 달리하면서 세계로 퍼져나갔다. 우리나라에서도 일과 휴식 간의 균형을 맞추려는 사회적 움직임이 일고 있고, 지방자치단체마다 건강, 문화 그리고 공동체의 가치를 강조하면서 이른바 한국형 슬로우 시티 운동이 힘을 받고 있다. 제주를 비롯한 많은 도시들이 '산티아고 길'을 닮은 걷는 길을 만들었고, 걷기가 관광상품화되고 있다. 도시에서는 하천과 도로를 덜어내서 자전거 길을 만들었고 건강도시운동으로 발전되고 있다. 도시마다 도시재생단계에 이르면서 시민들의 자발적 참여를 통해 도시를 문화적, 사회적, 경제적으로 재생시켜야 한다는 목소리가 크다.

 느림의 가치가 존중되려면 속도보다는 '머무는' 가치가 더 강조되는 방향으로 도시가 바뀌어야 할 것이다. 정부는 사회문제 해결을 위해 애쓰고, 기업인과 지식인들은 나눔의 가치를 실현하는데 더 기여하면 좋겠다. 도시 안의 공원과 같은 공유자산도 느림의 가치를 실천하는 방향으로 설계되고 운용되도록 할 필요가 있다. 홍콩처럼 대형 건축물의 1층 공간을 내어주도록 하여 도시민들의 여유로운 대화와 문화생활이 이루어지는 공유공간으로 활용하면 좋겠다. 공원이 결혼식장으로 쓰여 지도록 설계하여 전통마을의 마당에서처럼 축제형태로 행사를 치를 수도 있겠다. 내 초등학교 운동회 때는 자기가 지목한 사람과 '함께 달리는 게임'이 있었다. 그 게임은 빨리 달리는 것보다 함께 달리는 것을 더 중요한 가치로 여졌다. 그리하여 승부와 관계없이 모두가 즐거운 운동회를 만드는 데 기여했다. 느리더라도 함께 달리고 즐거움을 공유하는 세상을 만들면 좋겠다.

자본(資本)과 따뜻한 동행

자본은 순기능도 많지만, 따뜻하게 사용하지 않으면 사람들에게 상실감을 주고 상처를 줄 수도 있다. 더구나 무게가 없는 것이어서 적절한 투자처만 있으면 순식간에 국내외 자본이 몰려오고 몰려가는 세상이다. 높은 수익률과 짧은 회임기간(懷妊期間)을 가진 투자처를 찾아다닌다. 투자자의 입장에서는 지역문화가 파괴되든 변질되든 고민거리가 아닌 것이다. 내가 살던 마을에서는 마을사람들 위주로 토지가 거래되었다. 농지의 가치는 비옥도, 취수여건, 그리고 곡식의 소출에 따라 정해지는 '수익환원법(收益還元法)'에 따라 결정되었던 것 같다. 그런데 어느 날 도시개발이 된다는 소문이 나돌면서 투기자본이 들어왔고, 아침저녁으로 농지가격이 출렁이면서 앞선 거래사례가 다음 거래의 기준이 되었다. 마을은 개발계획보다 더 빠르게 해체되었다. 마을사람들은 도시로 이주했으나 새로운 사회에 쉽게 적응하지 못하고 정체성 없는 이농인으로 살아갔다.

지역별로는 자체적인 개발자본이 부족하여 외래자본 유치에 열을 올리고 있는 것이 현실이다. 그러나 지역의 지속가능한 발전을 위해서는 지역사회가 해체되지 않도록 자본의 움직임을 잘 관리할 필요가 있다. 미국은 젊어서는 은행에서 빚을 내서 집을 구하고, 은퇴한 후에는 집을 담보로 주택연금을 받아 나머지 생을 살던 곳에서 살아갈 수 있도록 역모기지(reverse mortgage) 제도를 구상했다. 자본이 투입되는 곳이 도시든 농촌이든 금융정책의 파생효과로 공동체를 해체하는 일이 발생하는지 경계해야 한다. 나아가 사회적 자산가치를 갖는 투자처로 움직이도록 유도하는 것은 자본과 따뜻한 동행일 것이다. 지역발전을 위한 자본도 정부와 지역사회가 함께 적절히 참여하여 자본의 본래특성이 갖는 무모

함을 견제하는 방향으로 운용되도록 노력할 필요가 있다.

시민중심의 민주주의

지방자치를 완결시킨다는 명목으로 국가권한을 지자체장에게 이양하고 있다. 민주주의 발전을 위해 바람직한 일이라고 생각한다. 더 나아가 궁극적으로 시민에게 권한을 이양한다는 마음으로 제도를 설계할 필요가 있을 것이다. 도시의 주인은 제도나 지자체장이 아니라 살고 있는 시민이기 때문이다. 이제 정보통신기술이 발달하여 시민과 시민, 시민과 정부 간의 의사소통이 놀랄 만큼 빨라지고 원활해졌다. 현행 제도로는 수시로 변화하는 시민들의 욕구, 소외된 계층의 권익을 제때 반영하기 어려운 점이 많아 보인다. 온전한 민주주의를 위해서는 시민들의 권한이 대폭 강화될 수 있는 보완장치기 필요하다.

도시정책에 있어서도 민주주의를 실현할 방안을 찾아야 한다. 종래의 제도들이 민주성보다 합법성을 더 강조하고 있었던 것은 아닌지 되돌아볼 필요가 있다. 참여자들이 신뢰에 기반을 둔 '좋은 거버넌스(good governance)'가 가능할 수 있도록 제도를 만들고, 문화를 형성할 필요가 있다. 더하여 주민들과 지자체가 협정을 체결하여 시민들의 필요를 충족시키도록 하는 방안을 강구하는 것이 좋겠다. 협정은 잘만 운영되면 갈등을 해결하는데도 매우 유용하게 작용할 것이다. 또한 지자체들이 시민요구에 부응하여 다양한 조례들을 운영하고 있는 것은 민주주의 발전을 위해서는 긍정적이라고 할 것이다. 이러한 조례들도 환경변화에 민감하게 신축적으로 변화하고 집행력을 높이는 방향으로 운영되는 것이 관건이다.

지속가능한 발전

자연은 여러 생명체들이 살도록 창조된 것이며, 그래서 공존하는 것이 마땅하다. 인간만이 누리고 이익을 얻기 위해 착취할 대상이 아니라는 의미이다. 개발투자가 있는 곳마다 숲은 사라지고 있으며, 큰 비가 와서 재난을 당하는 경우가 빈번히 발생하고 있는 것이 현실이고, 종국에는 지구온난화로 미래세대의 생존에 대한 우려까지 걱정해야 하는 상황에 이르렀다. 이 모두가 인간이 자연을 착취한 결과이다. 자연은 우리 모두의 것이고, 다음 세대와 공유한다는 생각으로 제도가 설계되고 운용되면 좋겠다. 급하게 진행되어 온 도시화도 한 숨 돌리게 되었으니 이제는 자연과 더불어 지속적인 발전이 가능할 수 있도록, 다시 말해 먼 미래를 바라보는 프레임으로 도시정책을 다시 짜면 좋을 것 같다.

노르웨이 릴레함메르 동계올림픽은 대개의 나라들이 올림픽 유치로 개발에 대한 기대감을 높이고 시설자산을 얻는 부대적 효과를 기대하고 있는 것과는 달리 환경친화적으로 치른 지속가능한 발전모델로 남아 있다. 알래스카 데날리 산은 비포장도로를 유지한 채 황무함과 들꽃

자체로도 관광객을 불러들이고 있다. 북구(北歐)에서 새로이 만들어지는 산업단지들은 ICT와 환경보전을 결합한 스마트 에코 산업단지 형태로 건설되고 있다. 네덜란드 젊은이들은 오염된 토양을 회복하고 재생에너지를 활용하며 삶을 영위하는 순환경제를 실천하고 있다. 우리나라에서도 순천만과 우포는 습지보호를 통해 생태관광을 성공시키고 있다. 자연생태를 복원하여 한 공간에 자연과 인간이 공존하는 것이 인간과 자연 모두에게 얼마나 유익한 일인지 보여주는 사례이다. 도시의 지속가능한 발전을 위해서는 환경을 보전하려는 노력이 무엇보다도 중요할 것이다.

문화로 꿈꾸는 도시

지역문화는 구성원과 공동체에 묻어 있는 삶과 전통에 기반하며, 지역발전의 소중한 기초자원이다. 그러나 근대화, 도시화 과정에 많은 문화적 자산이 사라져갔다. 그동안 우리는 발전에 보다 큰 방점을 두고 문화

적 자산을 보전하고 발전적으로 계승하려는 노력을 소홀히 해왔다는 점
은 부인할 수 없는 사실이다.

선진국처럼 우리나라도 강, 산, 섬이 속한 지역을 '문화권'이라고 이
름 붙여 지역개발을 해 왔다. 그러나 실상을 들여다보면, 문화적 요소보
다 지역개발 자체에 더 많은 관심을 보여왔다. 문화콘텐츠와 개발 간의
균형을 맞추는 노력이 중요하다는 것을 묵과한 것이다. 문화적 도시재생
이라는 이름 하에 기능을 다한 조선소, 창고 등을 박물관이나 미술관으
로 바꾸는 노력이 한창이다. 수단이야 어떻든 문화는 다양성, 지역성 그
리고 창의성이 중요하므로 지역별 문화에 대한 해석능력이 있는 숨어 있
는 지식(暗默知, implicit knowledge)을 가진 지역공동체가 주도하게 하
고 필요한 지원이 이루어지는 게 바람직하다.

도시공간은 변화하고 진화하는 속성을 가지고 있다. 오늘 우리가 거
주하고 활동하는 공간, 그리고 그 공간에서 이루어진 일들은 내일, 그리

전통문화를 배우고자 모인 사람들의 열기가 느껴진다. 2009년 12월. 서울 북촌.

고 우리가 살았던 공간을 이어서 살아갈 우리의 미래세대에게는 문화유산이 된다. 정부가 건축물이나 구조물을 만들 때에는 그 가치에 걸맞은 값을 지불하여 좋은 문화유산이 차곡차곡 쌓이도록 해야 선진국이 된다. 소모적이고 소비적인 상업적 문화공간들이 건강한 문화를 생산하는 고부가가치의 공간으로서 기능할 수 있도록 지혜를 모아야 한다. 자라나는 아이들이 가장 옛것에서부터 가장 현대적인 것까지 두루 보고 문화를 만끽할 수 있도록 미술관과 박물관 나들이가 수시로 가능한 도시라면 좋겠다. 자손만대 우리가 가꾼 문화적 토대 위에서 행복하게 살 수 있는 그런 도시를 만들어가면 좋겠다.

시골뜨기 도시생각

저자 _ 유병권ⓒ
초판발행 _ 2021년 1월 5일

발행처 _ 도서출판 윤진
주소 _ 서울 종로구 삼일대로461 SK허브 101-922
전화 _ 02-732-0815
이메일 _ majung815@naver.com
출판등록 2015년 3월 11일
등록번호 제300-2015-41

기획 진행 _ 윤세영 진현옥
편집디자인 _ 조의환
일러스트 _ 유신혜
인쇄 제작 _ 인타임

값 15,000원
ISBN_ 979-11-90985-03-1